Hannelore Müller-Scherz

Zum Brüllen!

888 supercoole Schülerwitze

Hannelore Müller-Scherz

Zum Brüllen!
888 supercoole Schülerwitze

Mit vielen Zeichnungen von Rolf Rettich

Ravensburger Buchverlag

Als Ravensburger Taschenbuch
Band 53114
erschienen 2010

Erstmals als Ravensburger Taschenbuch
Band 1638
erschienen 1989

Die Originalausgabe erschien 1987
im Loewe Verlag, Bindlach
unter dem Titel „Leselöwen Witzekiste“

Umschlaggestaltung: dieBeamten.de/
Anja Langenbacher und Reinhard Raich
unter Verwendung einer Illustration
von Ralf Butschkow

Printed in Germany

1 2 3 4 5 14 13 12 11 10

ISBN 978-3-473-53114-1

www.ravensburger.de

Wenn einer eine Reise tut ...

Völlig außer Atem rennt ein Mann zum Bootssteg, wirft seinen Koffer auf die drei Meter vom Kai entfernte Fähre, springt hinterher, zieht sich mit letzter Kraft über die Reling und schnauft erleichtert: „Geschafft!"
„Gar nicht so schlecht", sagt einer der Seeleute, „aber warum haben Sie eigentlich nicht so lange gewartet, bis wir angelegt haben?"

Schaudernd steht die Reisegesellschaft am Kraterrand eines noch aktiven Vulkans.
Entsetzt sich Mrs. Jones aus den USA: „Hu, das sieht ja aus wie in der Hölle!"
Sagt Frau Huber aus Oberbayern leise zu ihrem Mann: „Wo diese Amis nicht schon überall gewesen sind!"

Peter darf Ferien auf dem Bauernhof machen. Der Bauer zeigt ihm den Stall, wo die Kühe gemütlich wiederkäuend im Stroh liegen. Peter: „Sagen Sie mal, kommt Sie das auf Dauer mit den vielen Kaugummis nicht ein bisschen teuer?"

„Du, der Müller ist von der Zugspitze abgestürzt!"
„Was hat denn der auch auf der Lokomotive zu suchen?"

Ein Polizist hält ein Auto an und sagt freundlich zum Fahrer: „Herzlichen Glückwunsch! Als 100000. Autofahrer, der diese Brücke passiert hat, bekommen Sie 10000 Euro! Was möchten Sie mit dem Geld anfangen?"
„Ich glaube, ich mach, zuerst mal den Führerschein!"
Darauf seine Frau ganz entsetzt: „Hören Sie nicht auf ihn, er ist ja sturzbetrunken!"
Dann der schwerhörige Opa vom Rücksitz: „Ich ahnte es doch, dass wir mit dem gestohlenen Auto nicht weit kommen!"
Schließlich eine Stimme aus dem Kofferraum: „Kinder, sind wir schon hinter der Grenze?"

Ein Mann hört auf der Autobahn eine Durchsage des Verkehrsfunks: „Bitte, fahren Sie am äußersten rechten Fahrbahnrand, und überholen Sie nicht! Es kommt Ihnen ein Fahrzeug entgegen!"
Empört sich der Mann: „Eins? Hunderte!"

J. R. (Ewing) ist in Paris und besichtigt den Eiffelturm.
Nach einiger Zeit steigt er herunter und brummt missmutig: „Nun war ich schon dreimal hier, und noch immer haben sie kein Öl gefunden!"

Eine alte Dame sucht im überfüllten Bus einen Sitzplatz.
Da winkt sie ein sitzender junger Mann heran und flüstert: „An der nächsten Haltestelle müssen Sie schwer auf Draht sein, da steige ich aus!"

Herr und Frau Schmittchen machen eine Kreuzfahrt.
Eines Morgens kommt Frau Schmittchen aufgeregt in die Kabine gestürzt, rüttelt ihren Mann wach und schreit: „Emil, aufwachen, das Schiff sinkt!"
„Na, und?", knurrt Schmittchen. „Ist doch nicht unser Schiff!"

Endlich sitzen Blümels im Zugabteil.
„Sag mal", fragt Frau Blümel ihren Mann, „fährt der Zug etwa schon?"
Brummt Herr Blümel: „Ne, der Schaffner trägt den Bahnhof draußen vorbei!"

Sitzen zwei Männer im Eisenbahnabteil. Verwundert beobachtet der eine, wie der andere Apfelkerne isst. Nach einer Weile fragt er schüchtern: „Warum tun Sie denn das?“
Sagt der andere kauend: „Damit ich klüger werde!“
„Kann ich auch ein paar Kerne haben?“
„Klar, aber das Stück kostet vier Euro!“ Der erste zahlt und fängt an zu kauen.
Hinterher meint er: „Mann, für das Geld hätte ich mir ja mindestens zwei Kilo Äpfel kaufen können!“
„Sehen Sie? Es wirkt schon!“

Fahrscheinkontrolle im Bus. „Ne, mein Junge, für einen Kinderfahrschein bist du schon viel zu groß!“, schimpft der Kontrolleur.
Der Junge bissig: „Na, dann hören Sie aber auch gefälligst auf, mich zu duzen!“

„Bitte, könnten Sie mir behilflich sein, mein rechtes Bein auf den Sitz zu legen?“ Mitleidig erfüllt der Mitreisende im Zug den Wunsch.
„Wären Sie so freundlich, mir das Kissen aus dem Gepäcknetz herunterzureichen?“ Auch das wird erledigt und eine Reihe weiterer Gefälligkeiten.
Bis der Mitreisende schließlich fragt: „Was haben Sie eigentlich für ein Leiden?“
Antwortet der Hilfsbedürftige: „Keins, ich hab nur Urlaub!“

„Stell dir vor", erzählt ein Gepäckträger seinem Kollegen, „eben habe ich so einem Typ zwei schwere Koffer zum Zug getragen, und hinterher drückt er mir was in die Hand und sagt: „Hier, das ist für einen Kaffee!"
„Wie viel war es denn?"
„Ein Stück Würfelzucker!"

Auf einer Großwild-Safari treffen sich zwei Jäger.
Fragt der eine: „Was machst du, wenn du im offenen Jeep durch den Busch fährst und dir ein Löwe nachjagt?"
„Ich verwirre ihn einfach! Ich blinke links, biege aber rechts ab!"

In einem entlegenen Alpental sehen zwei Bauern zu, wie ein Tourist aus der Stadt sich abplagt, seine Suppe mit einem verstopften Salzstreuer zu würzen. Schließlich wird es dem Mann zu dumm, er nimmt einen Zahnstocher und reinigt die Löcher.

Sagt der eine Bauer zum anderen:
„Mei, ich kann zwar die Leut aus der Stadt nicht leiden, aber eines muss man zugeben – technisch überlegen sind sie uns schon!"

„Ist das Ihr Sohn, der in meinem Strohhut Sand holt?“
„Nein! Meiner probiert gerade, ob Ihr MP3-Player auch unter Wasser spielt!“

Ein Mann sitzt im Zug und kaut schweigend an seinem Kaugummi.
Nach einiger Zeit beugt sich die ältere Dame von gegenüber lächelnd vor und sagt: „Mein Herr, es ist ja sehr freundlich von Ihnen, dass Sie mir so viel erzählen! Aber leider bin ich völlig taub!“

Alfons Bierdimpfl fährt nach London und verliert auf einer Straße seine Brieftasche. Er meldet den Verlust auf dem nächsten Polizei-Revier und fährt nach Hause. Als er nach einiger Zeit wieder nach London kommt, ist die Straße, auf der er seine Brieftasche eingebüßt hat, eine einzige riesige Baustelle. Meint Bierdimpfl verblüfft zu sich selbst: „Na, das wär nun aber wirklich nicht nötig gewesen!“

Der Verkehrspolizist stoppt eine Autofahrerin: „Was fällt Ihnen ein, mit 70 durch die Ortschaft zu rasen?“
„Herr Polizist, glauben Sie mir, es ist nur der Hut, der mich so alt macht!“

„Junge, haben Sie aber dicke Backen! War die Verpflegung an der See so gut?"
„Nee, aber ich musste den ganzen Tag Luftmatratzen aufpusten!"

Vor dem Abflug verteilt die Stewardess Kaugummi. Einem alten Herrn erklärt sie: „Das ist gut für die Ohren!" Nach einigen Stunden klingelt der Alte Sturm. Wütend brüllt er die Stewardess an: „Können Sie mir mal sagen, wie man das Zeug wieder aus den Ohren rausbekommt?"

Dicker Nebel. Ein Autofahrer klebt förmlich an den Rücklichtern seines Vordermanns. Der bremst plötzlich, und es gibt einen Auffahrunfall.
Wütend brüllt der Hintermann los: „Wieso bremsen Sie denn so idiotisch?"
Antwort: „Erlauben Sie mal, und was haben Sie in meiner Garage zu suchen?"

Der Porschefahrer sieht im Rückspiegel ein Moped, das gerade überholen will. Er tritt aufs Gas – 170, 180, aber das Moped ist immer noch da.
Bei 190 kurbelt der Autofahrer das Fenster runter und brüllt dem Mopedfahrer zu: „Wohl 'n Tiger im Tank, was?"
„Ne", brüllt der zurück, „Jacke in Ihrer Tür!"

An der Grenze fragt der Zöllner: „Cognac? Whisky? Zigaretten? Tabak?"
Herr Knallmeier ist irritiert: „Nein, danke! Aber wenn ich ein Glas Milch bekommen könnte?"

In der Straßenbahn sitzt ein Mann mit einem gewaltigen Kropf. Ein kleiner Junge starrt fasziniert auf dieses Wunder der Natur.
Nach einer Weile wird es dem Kropfbesitzer zu dumm:
„Wenn du nicht aufhörst, mich anzustarren, fresse ich dich auf!"
Der Junge schüttelt den Kopf: „Kannst du ja gar nicht! Du hast den anderen ja noch gar nicht runtergeschluckt!"

Ein Safari-Reisender zu seiner Gattin, die in einem Kannibalen-Kochtopf sitzt: „Also, ich finde, jetzt übertreibt die Reiseleitung mit ihren Gags aber gewaltig!“

Frau Knallmeier kommt aus dem Urlaub zurück und trifft ihre Nachbarin. Sie erzählt: „Ach, es war gar nicht schön, ständig hat es geregnet!“
Darauf die Nachbarin: „Aber Sie sind doch ganz braun?“
„Alles nur Rost!“

Im Bus sitzt ein Junge mit einer ziemlich triefenden Nase. Der feine Herr neben ihm meint: „Sag mal, hast du denn gar kein Taschentuch, Junge?“
„Schon“, sagt der Junge, „aber ich verleih es nicht!“

„Wohin geht's denn diesmal in den Urlaub?“
„Wir wollen nach Sicht!“
„Wo liegt das denn?“
„Keine Ahnung! Aber im Radio heißt es immer: Schönes Wetter in Sicht!“

Im Ferienheim sagt Inge zu Heidi: „Der Frühstückskaffee schmeckt heute wie Spülwasser!“
Sagt Heidi: „Das ist doch Tee!“
Ruft die Heimleiterin aus der Küche: „Noch jemand Kakao?“

Eine reizende alte Dame macht ihre erste Seereise. Der Steward erkundigt sich, ob sie zufrieden sei.
„Es ist alles wunderbar“, erklärt die alte Dame begeistert und zeigt dabei auf das Bullauge, „vor allem der Wandschrank ist fantastisch – was da alles reingeht!“

Der neue Pensionsgast bekommt das erste Frühstück serviert. Auf dem Tablett steht auch ein Schälchen mit einem winzigen Klecks Honig.
Fragt er verwundert: „Ach, eine Biene halten Sie auch?“

Der geizige Herr Knickerig kommt ins Hotel und fragt den Portier nach einem Zimmer.
Portier: „Wir haben nur noch Zimmer mit Blick aufs Meer, und die kosten zehn Euro Zuschlag.“
Herr Knickerig: „Und wenn ich verspreche, nicht zu schauen?“

Ein Herr ruft im überfüllten Badeort an: „Ich brauche dringend ein Zimmer, und wenn es noch so klein ist!" Erwidert die Dame am Empfang: „Wir werden sehen, was sich machen lässt! Geben Sie uns für alle Fälle Ihre genauen Körpermaße durch!"

Robert übernachtet in einem amerikanischen Provinz-Hotel. Mitten in der Nacht schreckt er aus dem Schlaf, weil auf der Straße ein Mann schreit: „Feuer! Feuer!" Ärgerlich steht Robert auf, wirft eine Schachtel Streichhölzer aus dem Fenster und schimpft: „Sitten sind das hier!"

Herr Krause hat seinen Urlaub in Afrika verbracht und berichtet den staunenden Freunden am Stammtisch:

„Stellt euch vor", erzählt er, „abends rauche ich vor dem Zelt noch eine Zigarre. Da steht plötzlich ein gewaltiger Löwe vor mir und reißt sein Maul auf. Ich renne los. Der Löwe hinter mir her. Ich renne um mein Leben. Der Löwe kommt immer näher. Ich kann nicht mehr und ergebe mich in mein Schicksal. Da rutscht der Löwe aus und bricht sich das Genick!"
Einer der Freunde meint bewundernd: „Mann, ich an deiner Stelle hätte vor Angst in die Hose gemacht!"
Sagt der Afrikareisende: „Auf was, glaubst du, ist der Löwe ausgerutscht?"

Brömmel steigt torkelnd in die U-Bahn. „Einmal Beethovenplatz!“, sagt er zu einem Herrn in Uniform.
„Was erlauben Sie sich?“, empört sich der Herr. „Ich bin Admiral und kein Schaffner!“
„’tschuldigung“, lallt Brömmel, „ich wusste ja nicht, dass ich auf einem Schlachtschiff bin!“

Hubert fährt in den Ferien auf einem Leihrad freihändig auf der Straße.
Ein Polizist hält ihn an: „Wie heißt du?“
„Hubert Meier!“
„Und dein Alter?“
„Auch Meier!“

Herr Dorsch ist auf Geschäftsreise. Abends begibt er sich in ein Hotel.
Der Portier fragt ihn: „Möchten Sie ein Zimmer mit fließendem Wasser?“
Meint Herr Dorsch: „Nein danke, ich heiße nur so!“

Ein Schiffbrüchiger berichtet: „Wir waren fünf Mann in einem Schlauchboot. Zum Schluss hatten wir so großen Hunger, dass wir unsere Schuhe aufgegessen haben. Ich habe als einziger überlebt.“
„Sie waren wohl der Kräftigste?“
„Nein, aber ich habe Schuhgröße 50!“

Der norddeutsche Sommergast ist zum ersten Mal im Gebirge. Nach einer Woche sagt er zu einem Landsmann: „Die Gegend hier ist gar nicht so übel, aber immer, wenn man was sehen will, kommt ein Berg dazwischen!“

Wie wurde das Jodeln erfunden? Zwei Japaner sind auf einer Bergtour. Da fällt ihr Radio in eine Schlucht. Sagt der eine Japaner zum anderen: „Holdudiladio!“

Ein Fernfahrer macht in einer Raststätte Pause. Kommen zwei Rocker in Motorradkluft herein, ziehen ihm die Serviette durch die Suppe, beschmieren seine Haare mit Senf, stülpen ihm den Zuckernapf über den Kopf und bekleckern sein Hemd mit Ketchup.
Der Fernfahrer zahlt seine Rechnung und steht auf. Danach verlässt er ungerührt das Lokal. Fragen die Rocker total verstört den Kellner: „Was war denn das für ’n Typ?“
Antwortet der Kellner: „Wirklich ein seltener Idiot! Und Auto fahren kann er auch nicht! Eben hat er zwei Motorräder beim Rückwärtssetzen zu Schrott gefahren!“

Ein Münchner führt seine Gäste durch seine Heimatstadt und zeigt ihnen die Sehenswürdigkeiten.
An einem Denkmal möchten die Besucher wissen:
„Wen stellt denn das Standbild dar?"
Sagt der Münchner: „Das weiß ich auch nicht so genau, 's wird irgend so ein Fürst oder ein Feldherr sein! Wir sagen einfach Schiller-Denkmal!"

„Wir brauchen in diesem Jahr nicht an die See zu fahren!"
„Und warum nicht?"
„Ach, in meiner Brieftasche ist Ebbe, und auf meinem Schreibtisch liegt eine Flut unbezahlter Rechnungen."

„Sie müssen beim Autofahren eine Brille tragen!"
„Meinen Sie? Aber was glauben Sie, wie viele Autos auf den Straßen sind, sobald ich das Ding aufhabe!"

„Hören Sie", fragt ein Autofahrer den Beamten auf dem Polizeirevier, „gibt es bei Ihnen im Ort große, rabenschwarze Hunde, Pferde oder Kühe?"
„Nichts davon bekannt!"
„So ein Mist, dann muss ich gerade Ihren Herrn Pfarrer angefahren haben!"

Sabine steht an der Bushaltestelle, direkt neben einem Lehrer ihrer Schule, der sie aber nur flüchtig vom Sehen her kennt.
Fragt er: „Wie heißt du und wie alt bist du, Kind?“
Sabine: „Ich bin sechs Jahre alt, heiße Sabine und gehe zur Schule!“
Der Lehrer möchte witzig sein und scherzt: „Ich heiße Meier, bin 42 Jahre alt und gehe auch noch zur Schule!“
Sabine verächtlich: „Mann, dann müssen Sie aber ganz schön doof sein!“

Der kleine Rudi fährt mit seinem Vater zum ersten Mal in die Großstadt.
Am Hauptbahnhof will er an einer Baustelle wissen: „Was ist denn das, Papa?“
„Ach, Junge, das weiß ich nicht so genau!“
Am Rathaus das Gleiche: „Papa, was ist das für ein Haus?“
„Ich kenn’s schon! Aber wie heißt es nur gleich?“
Anschließend: „Papa, was ist das für eine Kirche?“
„Ich kenn sie schon, aber mir fällt der Name nicht ein!“
Und so geht es noch eine Weile weiter.
Am Ende fragt Rudi: „Du, Papa, soll ich dich lieber nichts mehr fragen?“
Sagt der Vater: „Nein, nein! Frag nur, damit du was lernst!“

„Wie war denn Ihr Kurzurlaub in dem fantastischen Luxushotel?"
„Furchtbar! Wir hatten Zimmer 100 und dauernd fiel die 1 runter!"

Ein Polizist sieht verblüfft, wie ein Kleinwagen alle zehn Meter auf der Straße in die Luft hopst.
Der Polizist geht ihm nach und ruft dem Fahrer zu: „He, Sie! Haben Sie eine Motorpanne?"
Fahrer: „Nein! Nur den Schluckauf!"

„Wie komme ich am schnellsten zum Krankenhaus?"
„Ja, wenn Sie mich so fragen: Am besten machen Sie die Augen zu und gehen über die Hauptstraße, ohne sich um die Huperei zu kümmern. Dann werden Sie gleich mit Blaulicht hingefahren!"

Herr Weinreich jammert bei seinem Freund: „Ich muss dringend meinen Wagen verkaufen! Kaum parke ich ihn irgendwo, kommt schon ein Polizist und will wissen, ob ich den Unfall schon gemeldet habe!"

Meier hat mit Müller einen Ausflug im Auto gemacht.
Dabei sind sie an vielen Wirtschaften vorbeigekommen.
Heiterster Stimmung treten sie am Abend die Heimfahrt an.
Plötzlich brüllt Meier: „Müller, pass doch auf! Eben wärst du fast gegen einen Baum gerast!"
Müller: „Was denn, was denn! Ich denke, du fährst?"

„Um Himmels willen!", schreit Frau Brömmel. „Die Bremsen versagen! Ich kann das Auto nicht mehr anhalten!"
Herr Brömmel: „Das auch noch! Aber dann fahr wenigstens gegen was Billiges!"

Ein Mann fragt im Eisenbahnabteil die Dame, ob es sie stört, wenn er sich eine Zigarre anzündet.
Sagt die Dame: „Tun Sie gerade so, als ob Sie zu Hause wären!"
Knurrt der Mann: „Na, dann eben nicht!"

Protzkes waren in Rom. Ein Bekannter möchte wissen: „Haben Sie auch alles besichtigt, zum Beispiel das Kapitol?"
Sagt Herr Protzke: „Wenn wir schon mal in Rom sind, gehen wir doch nicht ins Kino!"

Polizist zu einem Verdächtigen: „Sind Sie nicht der Typ, der vorhin den Kleinwagen geklaut hat?"
„Aber nein! Sie können mich gern durchsuchen!"

Zwei alte Bergkameraden machen eine Gletschertour. Plötzlich ist der eine verschwunden. Der andere guckt sich um – hinter ihm gähnt eine tiefe Gletscherspalte. „Anton!", schreit er in die Tiefe. „Anton, bist du da unten?"
Die Antwort klingt hohl und weit entfernt: „Jaaaa!"
„Wie tief bist du denn?"
„Weiß ich nicht! Ich falle noch ...!"

Zwei Freunde sind mit dem Rad unterwegs. Nach einer Weile stoppt der eine und lässt die Luft aus den Reifen.
Fragt der andere: „Was soll das denn?"
Sagt der andere: „Ach, auf Dauer war mir der Sattel ein bisschen zu hoch!"

Zwei schleppen sich durch die glühende Wüste.
Sagt der eine am Ende seiner Kräfte: „Ich kann nicht mehr! Mir ist zum Sterben elend!"
Sagt der andere ermutigend: „Nun hör doch auf zu meckern! Wenigstens regnet's nicht!"

Ein Missionar in Afrika steht in der Wüste plötzlich vor einem Rudel Löwen. Er fällt auf die Knie und fängt an zu beten. Siehe da, auch die Löwen falten die Pfoten. Der Missionar will gerade erleichtert aufstehen, da hört er das Gebet der Löwen: „Komm, Herr Jesus, sei unser Gast, und segne, was du uns bescheret hast! Amen!"

Ein Tourist kriecht durch die Wüste.
Nach Tagen erreicht er endlich eine Oase und wimmert: „Wasser! Wasser!"
Sagt ein Oasen-Bewohner: „Haben wir nicht! Wir haben nur Krawatten!"
Der Verdurstende robbt weiter, mit letzter Kraft.
Wieder kommt er an eine Oase: „Wasser! Wasser!"
Sagt der Oasen-Bewohner: „Haben wir! Haben wir! Aber ohne Krawatte kommen Sie hier nicht rein!"

In einem Stau hupt ein Porschefahrer ununterbrochen.
Beugt sich eine Frau aus ihrem Wagen und ruft hinüber: „Okay! Und was haben Sie sonst noch zu Weihnachten bekommen?"

Der Afrikareisende berichtet zu Hause: „Ich war in einem Teil der Wüste, der noch nie von einem Europäer betreten worden ist. Plötzlich werde ich von Marokkanern umzingelt. Vor mir Marokkaner, hinter mir Marokkaner, neben mir Marokkaner …“
„Um Gottes willen, und was haben Sie getan?“
„Ich habe den Teppich natürlich gekauft!“

Hugo will auswandern und in der Wüste ein Lokal eröffnen.
Meint einer: „Da kommt doch keiner hin, du Blödmann!“
Sagt Hugo: „Aber wenn, was meinst du, was der für einen Durst hat!“

Zwei Eisbären treffen sich in der Wüste.
Nach einer Weile sagt der eine: „Mann, müssen die hier einen strengen Winter haben! Alles gestreut!“

In der Wüste treffen sich zwei an der Oase. Der eine schleppt eine Telefonzelle auf dem Rücken, der andere einen Mordsstein.
Sagt der Steinschlepper zu dem mit der Telefonzelle:
„Wieso schleppst du eine Telefonzelle durch die Wüste?“
Sagt der: „Wegen der Löwen! Wenn einer kommt und mich fressen will, schlüpfe ich rein und knall ihm die Tür vor der Nase zu! Und warum schleppst du diesen Stein mit dir herum?“
Sagt der: „Auch wegen der Löwen! Wenn einer kommt, schmeiße ich den Stein auf die Erde, und was glaubst du, wie schnell ich dann rennen kann!“

Hans macht mit seinen Eltern Ferien auf dem Bauernhof.
Als er ungezogen ist, sperren sie ihn in den Hühnerstall.
Brüllt Hans: „Bildet euch ja nicht ein, dass ich Eier lege!“

In der Wüste fragt der Fahrer eines Jeeps einen Beduinen: „Wie komme ich ins nächste Dorf?“
Beduine: „Da fahren Sie immer geradeaus, und nächste Woche biegen Sie links ab!“

Auf einem erschöpfenden Marsch durch die Wüste trifft der Elefant die Heuschrecke: „Mann, ich bin vielleicht kaputt! Und die Beine tun mir weh!“
Sagt die Heuschrecke: „Komm, steig auf, ich trag dich! Aber wehe, du lässt die Beine schleifen!“

Fröschls keuchen, mit Koffern und Taschen beladen, den Bahnsteig entlang.
Plötzlich bleibt Herr Fröschl stehen und meint: „Jetzt fehlt uns nur noch das Klavier!“
Sagt Frau Fröschl: „Jetzt werd bloß nicht komisch, Heinrich, im Urlaub braucht man nun mal was anzuziehen!“
Sagt Fröschl: „Ich find’s gar nicht so komisch – auf dem Klavier liegen nämlich unsere Fahrkarten!“

Das ist ja tierisch!

Ein Pferd kommt mit einem Hund ins Hotel. Das Pferd bestellt ein Zimmer, lässt das Gepäck hinauftragen, bestellt Abendessen für zwei, geht anschließend zum Lift … da ruft ihm der Portier nach: „Sie! Den Hund dürfen Sie aber nicht mit aufs Zimmer nehmen!“

Dimpflmoser fragt seinen Nachbarn: „Stimmt es wirklich, dass Ihre Wohnung so feucht ist?“ „Sie haben ja keine Ahnung! Heute Morgen habe ich sogar einen Fisch in der Mausefalle gefunden!“

Ein Mann läuft durch die Stadt und hat einen Pinguin auf dem Arm.

Ein erstaunter Passant: „Wo haben Sie denn den her?“
„Ist mir so zugelaufen! Was, meinen Sie, soll ich mit ihm machen?“
„Gehen Sie doch mit ihm in den Zoo!“
Nach ein paar Stunden begegnen sich die drei wieder.
Meint der eine: „Aber ich sagte Ihnen doch, gehen Sie mit ihm in den Zoo!“
„Waren wir ja! Jetzt gehen wir ins Kino!“

Zirkusvorstellung. Im Käfig in der Manege kniet der Dompteur mit dem erloschenen Feuerreifen vor dem Löwen und bettelt: „Du sollst springen, bitte, nicht pusten!“

Die Kuh vom Almbauern ist krank. Er wandert ein paar Stunden zu seinem Nachbarn auf der nächsten Alm und fragt: „Was hast denn du damals deiner Kuh gegeben, als sie krank war?“
„Mineralwasser!“
Drei Tage später ist der Almbauer wieder bei seinem Nachbarn vor der Tür.
„Du, meine Kuh ist gestorben!“
„Ja mei, meine damals auch!“

„Mama", schluchzt das Glühwürmchen, „der Lehrer hat gesagt, dass ich nie eine große Leuchte werde!"

Zwei Tauben auf dem Dach beobachten, wie ein Düsenjäger mit langem Kondensstreifen über den Himmel zischt. Meint die eine Taube: „Der hat es aber eilig!"
Sagt die andere: „Was würdest denn du machen, wenn dir der Hintern qualmt?"

Herr Brömmel hat Besuch von einem alten Bekannten.
Plötzlich kommt Brömmels Hund ins Zimmer und bittet: „Kannst du mir die Zeitung geben?" Brömmel gibt sie ihm. Sein Freund ist wie vom Donner gerührt.
Meint Herr Brömmel: „Ach was, der alte Angeber kann doch gar nicht lesen! Der guckt sich bloß die Bilder an!"

Der Briefträger traut sich nicht, die Gartentür zu öffnen, weil da ein Schild steht:

„Vorsicht, Hund!"

Er klingelt und wartet also vor der Pforte. Da kommt eine Frau aus dem Haus, und hinter ihr her flitzt ein winziges Hündchen um die Ecke. „Wegen so einem Mini-Hund ein Warnschild?", fragt der Briefträger.
„Ist ja nur, damit niemand auf ihn drauftritt!"

Ein Elefant schwimmt in einem See herum.

Auf einmal meldet sich eine Mäusestimme vom Ufer: „Elefant, Elefant! Komm mal raus!“ Der Elefant will nicht, aber die Maus lässt nicht locker. Schließlich wird es dem Elefanten zu blöd, und er schwimmt widerwillig ans Ufer. Als er am Ufer steht, sagt die Maus: „Okay, kannst wieder reingehen! Ich wollte nur mal sehen, ob du meine Badehose geklaut hast!“

In einem Schuhgeschäft fleht der kleine Tausendfüßer seine Mutter an: „Bitte, bitte! Kauf mir keine Schnürschuhe!“

Ein kleiner Fisch sieht zum ersten Mal im Meer ein U-Boot.
„Was ist denn das?“, will er von seiner Mutter wissen.
„Keine Angst, mein Sohn! Das sind nur Dosenmenschen!“

„Ulrich!“, schimpft Tante Berta, „hast du dem Papagei diese schlimmen Wörter beigebracht?“
„Ne, keine Sorge! Ich habe ihm nur erklärt, welche Wörter er nicht sagen darf!“

Die Katze eines alten Fräuleins ist krank.
Der Tierarzt kommt und sagt: „Ihre Katze wird bald Junge bekommen!“ Das alte Fräulein ist empört: „Aber ich führe das Tierchen doch immer an der Leine!“ Da kommt ein großer Kater unter dem Sofa hervorgekrochen. „Und was ist mit dem Kater da?“, fragt der Tierarzt. Das alte Fräulein: „Nun machen Sie sich bloß nicht lächerlich! Das ist doch ihr Bruder!“

Zwei Goldfische sitzen auf einem Baum und stricken. Da fliegen zwei Elefanten vorbei. Sagt der eine Goldfisch bekümmert: „Ja, fliegen müsste man können!“

Im Wartezimmer sitzt eine Dame mit einem Papagei auf dem Schoß. Die Arzthelferin sagt: „Sie sind hier nicht beim Tierarzt, sondern beim Psychiater!“
Sagt die Dame: „Weiß ich, weiß ich! Ich komme ja auch wegen meines Mannes! Er bildet sich ein, ein Papagei zu sein!“

„Es ist etwas Furchtbares passiert“, jammert Frau Pampel, die Katze hat unsere Schnitzel gefressen!“
Sagt Herr Pampel: „Beruhige dich, ich fahre schnell mit ihr zum Tierarzt. Der kann sie sicher retten!“

„Hallo! Hallo!“, jammert es vom Dach. „Haben Sie eine weinende Frau mit einem Käfig gesehen? Ich bin der Papagei!“

Der Schnellzug rast durch den Kleinstadt-Bahnhof.
Wütend bellend rennt ein Dackel hinterher.
Sagt der Stationsvorsteher zu einem Wartenden: „Das macht er nun schon drei Jahre lang! Ich möchte mal wissen, was passiert, wenn er ihn erwischt!“

Ein Kuhfladen hat eine Ameise unter sich begraben. Nach einer Stunde hat sie sich endlich hervorgearbeitet.
Sie reibt sich ab und sagt: „So eine Gemeinheit! Genau ins Auge!“

Zwei Mäuse sitzen vor einer Käseglocke.
„Guck mal“, sagt die eine, „ein Käse in der Falle!“

„Du hast ein wirklich intelligentes Pferd, Joe!“
„Alles halb so wild! Kürzlich bin ich mal gestürzt und habe den Gaul nach dem Arzt geschickt. Weißt du, mit wem er zurückkam? Mit dem Tierarzt!“

Zur Zeit der Kreuzzüge findet der Löwe einen Ritter, der in seiner Rüstung eingenickt ist.
„So ein Pech“, knurrt der Löwe, „schon wieder Dosenfutter!“

Ein Schaf geht in Hollywood neugierig durch das Filmgelände, findet eine alte Filmrolle und frisst sie auf.
Als ein anderes Schaf vorbeikommt und fragt, wie die Rolle geschmeckt hat, sagt es: „Also, wenn du mich fragst, das Buch fand ich besser!“

Im Zug pokert ein Herr mit seinem Pudel.
„Das ist ja unglaublich!“, staunt ein Mitreisender.
Wehrt der Hundebesitzer bescheiden ab: „Ach, so toll ist es auch wieder nicht! Immer, wenn er ein gutes Blatt hat, kann er es nicht lassen, mit dem Schwanz zu wedeln!“

Herr Protzke im Antiquitätengeschäft: „Und wie kann ich sicher sein, dass diese alten Möbel wirklich aus England stammen?“
Der Antiquitätenhändler: „Ganz einfach, mithilfe der Holzwürmer! Sie sprechen nur englisch!“

Ein Elefant und eine Maus gehen spazieren. Als die Maus müde wird, nimmt sie der Elefant auf den Rücken.
Nach einer Stunde piepst die Maus von oben: „Na, was ist! Wollen wir mal tauschen?“

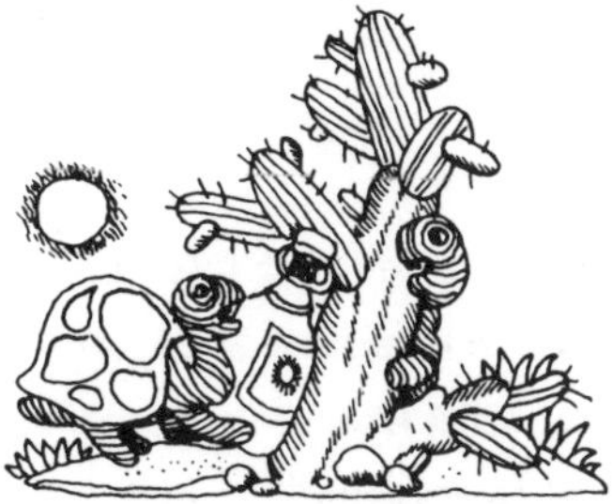

Zwei Schildkröten finden in der Wüste eine Flasche Limo.
Sagt die eine zur anderen: „Geh doch schnell, einen Flaschenöffner holen! Ich warte solange!“ Die andere geht also los, und die Zurückgebliebene wartet ... Wochen, Monate, Jahre, Jahrhunderte. Am Ende reißt ihr der Geduldsfaden und sie versucht, die Limoflasche an einem Kaktus aufzubekommen.
Als sie gerade anfangen will, guckt die andere Schildkröte hinter dem Kaktus hervor und meckert: „Wusst ich's doch! Das mit dem Flaschenöffner war nur ein Trick, damit du alles allein saufen kannst!“

Zwei Flöhe spielen Lotto. Der eine gewinnt tatsächlich 500 Euro.
„Was machst du Glückspilz denn jetzt mit dem vielen Geld?“, fragt der eine.
„Och, ich kauf mir einen Hund ganz für mich allein!“

Die Robbenmutter zu ihrem Sohn: „Ich habe lange über deine Zukunft nachgedacht! Du hast zwei Möglichkeiten: Entweder du lernst jonglieren oder du wirst Pelzmantel!“

Zwei Wurm-Frauen treffen sich im Garten. Sagt die eine zur anderen: „Wo steckt denn heute dein Mann?“ Darauf die andere: „Ach, der ist beim Angeln!“

Ein Regenwurm kriecht aus seinem Loch, sieht einen anderen Regenwurm und meint höflich: „Wunderbares Wetter heute, nicht wahr?“ Er bekommt keine Antwort.
Er versucht es weiter: „Hoffentlich bleibt es auch so schön!“ Wieder keine Reaktion. Der Regenwurm kriecht in sein Loch zurück und brummt ärgerlich: „Man wird älter! Jetzt habe ich schon wieder mit meinem Schwanz gesprochen!“

An der Grenze hält ein großer LKW.
Der Zöllner fragt: „Haben Sie etwas zu verzollen?“
„Nein, nichts!“
Der Zöllner geht misstrauisch um den Laster herum, hebt die Plane hoch und entdeckt einen Elefanten, an dessen Ohren jeweils ein Zwieback klebt.
Sagt er: „Erlauben Sie mal! Sie können doch nicht einfach einen unverzollten Elefanten über die Grenze bringen!“
Sagt der Fahrer: „Das vielleicht nicht! Aber ich werde mir doch noch auf meine Zwiebäcke draufschmieren dürfen, was ich will!“

Ein Ferkel ist allein zu Hause. Gelangweilt geht es herum und guckt sich alles an. Plötzlich entdeckt es eine Steckdose in der Wand. Mitleidig fragt es: „Ach, haben sie dich eingemauert?“

Der Hase hoppelt an einem Fuchsbau vorbei. Davor sitzt ein junger Fuchs.
Sagt der Hase: „Ist dein Vater zu Hause?“
„Nein!“
„Deine Mutter?“
„Nein!“
„Deine Brüder, Schwestern, Großeltern?“
„Nein! Niemand!“
„Gut! Dann zahle ich es euch jetzt heim!“

Sagt die Holzwurmmutter zu ihren Kindern: „Und nun, husch, husch ins Brettchen!“

„Was ist ein Rotkehlchen?“, fragt ein Junge seine große Schwester.
„Ach, das ist irgend so ein verrückter Fisch!“
„Hier steht aber: Hüpft von Ast zu Ast!“
„Da siehst du, wie verrückt er ist!“

Ein Kunde in der Tierhandlung kann sich nicht entscheiden.
Der Verkäufer rät: „Nehmen Sie diesen besonders gut erzogenen Papagei, mein Herr! An jedem Bein hat er ein Kettchen. Wenn man am linken zieht, sagt der Vogel ‚Guten Morgen!', wenn man am rechten zieht, sagt er, Angenehme Nachtruhe!'"
Will der Kunde wissen: „Und was passiert, wenn man an beiden Kettchen zugleich zieht?"
Kreischt der Papagei: „Dann fall ich auf die Schnauze, du Idiot!"

Zwei Spatzen sitzen auf der Fernsehantenne. Sie schluchzt bitterlich. Er versucht, sie zu beruhigen. Vergebens. Schließlich schreit er ganz verzweifelt: „Nun glaub mir doch endlich! Der Ring ist von der Vogelwarte!"

Klaus sieht seinem großen Bruder beim Füttern der Fische zu. „Was streust du denn ins Aquarium?", fragt er neugierig.
„Wasserflöhe!"
„So eine Tierquälerei! Wo sich die Fische doch nicht kratzen können!"

Bauer Piepenbrink verkauft ein Pferd an seinen Nachbarn Gerstenkorn.
Am nächsten Morgen beschwert sich Gerstenkorn: „Da hast du mich ja ganz schön angeschmiert. Heute Morgen liegt das Pferd im Stall und ist mausetot!"
Piepenbrink verwundert: „Komisch! Bei mir hat es das nie gemacht!"

Ein Mann hat einen Papagei gekauft. Der Verkäufer hat zwar geschworen, dass das liebe Tierchen viele Wörter sprechen kann, bisher hat es aber noch nicht einmal „Piep" gesagt. Nun bemüht sich der neue Besitzer, dem Papagei wenigstens ein einziges Wort beizubringen. Immer wieder ruft er: „Hallo! Hallo!"
Der Papagei hört sich das eine Weile an.
Dann wird es ihm zu blöd und er krächzt: „Besetzt!"

Ein junger Löwe kam neu in den Zoo einer Kleinstadt und fühlte sich dem alten Löwen im Nachbarkäfig sehr überlegen, der nur faul herumlag. „So benimmt sich kein wahrer Löwe!", dachte er und fing an, grimmig zu fauchen, an den Stäben auf und ab zu laufen und laut zu brüllen. Als nun der Wärter dem alten Löwen ein großes Stück Fleisch hinwarf, dem Neuling aber nur zwei Bananen und eine Hand voll Erdnüsse, beklagte sich der junge Löwe: „Das ist nun der Dank! Ich benehme mich wie ein richtiger Löwe und bekomme Bananen, du liegst herum wie ein Bettvorleger und kriegst eine riesige Portion Fleisch!"
„Junger Freund", erwiderte da der alte Löwe, „das hier ist eine kleine Stadt. Die können sich keine zwei Löwen leisten. Du wirst hier als Affe geführt."

In einer Tierhandlung bleibt ein Herr vor einem Käfig mit zwei Vögeln bewundernd stehen. Der eine sitzt stumm in der Ecke, der andere dagegen singt wunderschöne Melodien. „Ich möchte gern diesen fröhlichen Sänger kaufen!“, sagt der Herr.
Der Verkäufer: „Tut mir leid, ich verkaufe sie nur paarweise!“
„Aber den stummen Vogel will ich nicht haben, können Sie denn keine Ausnahme machen?“
„Nein, unmöglich, mein Herr! Der andere ist der Dirigent!“

„Euer gelber Hund ist ja wirklich zum Fürchten! Wo habt ihr denn den her?“
„Der ist uns in Afrika zugelaufen. Wir haben ihm nur die dicke Mähne abgeschnitten!“

Eine Känguru-Mutter kratzt sich nach Leibeskräften. Dann fährt sie ihr Baby an: „Wie oft habe ich dir schon gesagt, dass du den Zwieback nicht im Bett essen sollst!“

Zwei Mäusekinder gehen spazieren. Über ihnen kreist eine Fledermaus.
Seufzt die eine Maus: „Wenn ich groß bin, gehe ich auch zur Lufthansa!“

 Warum darf ein Nashorn nicht Rad fahren?
Weil es keinen Daumen zum Klingeln hat!

Eine Dame kauft einen Trinknapf für ihren Hund. Der Verkäufer fragt, ob sie eine Aufschrift wünsche **‚Für den Hund'.**
„Nicht nötig", erklärt da die Dame, „mein Mann trinkt kein Wasser, und der Hund kann nicht lesen!"

Ein Zoologie-Student hat Examen. Auf dem Tisch steht ein halb zugedeckter Käfig. Nur die Beine des Vogels sind sichtbar.
„Wie heißt dieser Vogel?", fragt der Professor.
„Weiß ich nicht!"
„Wie heißen Sie?"
„Raten Sie mal!", sagt da der Student und zieht die Hosenbeine hoch.

Die kleine Motte darf zum ersten Mal allein die Garderobe verlassen.
Als sie wiederkommt, fragt die Mutter: „Na, wie war's draußen?"
„Toll", strahlt die kleine Motte, „alle Menschen, die mich gesehen haben, haben vor Begeisterung in die Hände geklatscht!"

Herr Hagen kommt ins Zoogeschäft: „Haben Sie einen Papagei, der sprechen kann?“
„Nein, aber einen sehr talentierten Specht!“
„Kann der sprechen?“
„Das nicht gerade! Aber er beherrscht das Morsealphabet!“

Das Telefon bimmelt. Der Hund hebt ab und meldet sich: „Wau!“
„Bitte?“, fragt der Teilnehmer am anderen Ende der Leitung.
Der Hund wiederholt: „Wau!“
„Wer ist dort?!“
„Wau! W wie Wilhelm, A wie Anton, U wie Ulrich!“

Das Häschen kommt in ein Milchgeschäft und fragt:
„Hast du Milch?“
„Ja“, sagt die Verkäuferin.
„Hast du auch fettarme?“
„Ja, habe ich auch!“
„Dann musst du langärmelige Blusen tragen!“

Ein Mann hat eine Autopanne. Das Pferd hinter dem Zaun sagt: „Es liegt am Vergaser!“ Entsetzt rast der Mann davon, findet eine Tankstelle und erzählt dort von seinem Erlebnis. Der Tankwart fragt: „War das etwa drei Kilometer von hier?“ Der erschütterte Mann nickt.
„Und war das Pferd ein alter Schimmel mit gestutztem Schwanz?“ Der Mann nickt wieder. Sagt der Tankwart: „Ach so! Lassen Sie sich von dem Gaul nichts erzählen! Von Vergasern hat der keine Ahnung!“

Zwei Kühe grasen gemütlich. Plötzlich fängt die eine an zu zittern.
„Was ist denn mit dir los?“, fragt die zweite.
„Oh Gott“, stöhnt die erste, „da kommt schon wieder der Melker mit den kalten Händen!“

Der Hausherr erzählt seinen Gästen: „Mein Hund ist klasse dressiert! Wenn Sie ihm fünf Euro geben, läuft er zum nächsten Automaten und zieht Ihnen Ihre Zigaretten!“
„Sie Angeber“, schimpft ein Gast, „neulich habe ich ihm zehn Euro gegeben, und weder Hund noch Zigaretten kamen!“
„Ich sagte fünf Euro“, meint der Hausherr, „wenn Sie ihm zehn Euro geben, geht er ins Kino!“

Eine Ameise, ein Grashüpfer und ein Tausendfüßer sind in der Wohnung der Ameise verabredet. Doch der Tausendfüßer kommt und kommt nicht. Mit einer Stunde Verspätung keucht er endlich zur Tür herein.
„Wo warst du denn so lange?“, fragt die Ameise.
Der Tausendfüßer: „Ach, draußen war so ein Schild:

Bitte Schuhe abputzen!“

Kommt ein Holzwurm nach Hause und sagt zu seiner Frau: „Du, heute ist eine Holzladung aus Hongkong angekommen. Gehen wir chinesisch essen?“

Fragt das Häschen die Zapfsäule an einer Tankstelle:
„Bist du ein Roboter?“ Keine Antwort.
„Bist du kein Roboter?“ Wieder keine Antwort.
„Bist du vielleicht doch ein Roboter?“ Nichts.
Da wird es dem Häschen zu blöd: „Jetzt nimm doch endlich mal die Finger aus den Ohren, damit du mich verstehen kannst!“

Die Elefanten spielen gegen die Käfer Fußball. Nach der Halbzeit wechseln die Käfer einen Spieler aus – gegen einen Tausendfüßler. Der schießt ein Tor nach dem anderen. Am Ende steht es 12 : 8 für die Käfer.
Fragt ein Zuschauer den Trainer: „Warum habt ihr denn dieses Spielgenie erst nach der Halbzeit eingesetzt?“
Sagt der: „Ging nicht anders! Der braucht immer so lange, bis er seine Schuhe anhat!“

Die Maus und der Elefant wollen zusammen ins Theater gehen.
Am Eingang hängt ein Zettel:

Programm 2 Euro.

Da dreht sich der Elefant um und will wieder gehen.
„Was ist denn?“, fragt die Maus.
Elefant: „Du kannst dir das vielleicht leisten! Aber mir ist das zu teuer – pro Gramm zwei Euro!“

Zwei Vögel sitzen auf einem Baum und beobachten das Treiben am Nacktbadestrand.
Meint der eine: „Komisch, komisch, die sind alle zur gleichen Zeit in der Mauser!“

Das Häschen kommt in ein Brillengeschäft und fragt den Optiker: „Brauchst du ’ne Brille?“
„Nein“, sagt der, „ich sehe sehr gut!“
Am nächsten Tag kommt das Häschen wieder und stellt die gleiche Frage.
Am übernächsten Tag steht es wieder vor der Tür.
Am Ende reißt dem Optiker der Geduldsfaden: „Hau endlich ab! Ich kann dich nicht mehr sehen!“
Sagt das Häschen: „Siehst du? Brauchst du doch ’ne Brille!“

**Die Ameisen wollten schon immer den Elefanten besiegen. Eines Tages kommt denn auch einer in ihr Dorf. Sofort stürzen sich alle auf ihn. Doch er schüttelt alle ab – bis auf eine, die sich verbissen an seinem Hals festklammert.
Da brüllen die anderen: „Bravo! Würg ihn! Würg ihn!“**

„Was, der komische Köter soll ein Polizeihund sein?"
„Pst, der verstellt sich nur … Geheimpolizei!"

Ein Spaziergänger wirft einen Stock ins Wasser. Sein Hund läuft über die Wasseroberfläche und bringt das Stöckchen zurück.
Sagt ein Beobachter: „Ist Ihr Köter aber wasserscheu!"

Als die Tiere in Noahs Arche gingen, stockte plötzlich der lange Zug.
Da sagte der Frosch zur Giraffe: „Guck doch mal, warum es diesen Stau gibt!"
Sagt die Giraffe, nachdem sie sich den Hals verrenkt hat: „Ach, nichts Besonderes! Der Tausendfüßer zieht sich seine Hausschuhe an!"

Wie gehen Herr und Frau Tintenfisch in die Arche Noah?
Arm in Arm, Arm in Arm, Arm in Arm …

Eine Maus und ein Elefant gehen über eine Holzbrücke.
Sagt die Maus: „Hörst du, wie wir trampeln?"

Eine Katze und eine Maus kommen in eine Bäckerei. Die Maus sagt: „Ich möchte gern ein Stück Pflaumenkuchen mit Sahne."
„Und Sie?", fragt die Verkäuferin die Katze.
„Ich möchte nur einen Klacks Sahne auf die Maus!"

Eine Dame sitzt in der Konditorei. Da geht die Tür auf, und ein Pudel kommt herein. Er bestellt ein Schokoladeneis und geht wieder.
„Ist ja unglaublich!", sagt die Dame zum Ober.
Ober: „Ja, außerordentlich merkwürdig! Sonst verlangt er immer Himbeereis!"

Der kleine Holzwurm bittet: „Mama, bitte kein Teakholz, das ist so hart!"
„Iss, Kind! Das ist gut für die Zähne!"

Die Löwenmutter zu ihrem Jungen: „Was treibst du denn da schon wieder?"
Das Löwenjunge: „Ich jage Menschen um den Baum!"
„Wie oft soll ich dir noch sagen, dass man mit Essen nicht spielt!"

Klaus hat in der Straßenbahn seinen Hund dabei. Der Schaffner verlangt für das Tier den vollen Fahrpreis.
„Dann kann mein Hund aber auch einen Sitzplatz beanspruchen!", empört sich Klaus.
Der Schaffner: „Na, klar! Aber die Füße darf er nicht auf den Sitz legen!"

Empört erzählt Frau Bosnickel ihrem Mann: „Unglaublich, die reiche Witwe von nebenan hat ihrer Katze 100 000 Euro vererbt!"
Winkt Herr Bosnickel ab: „Daraus wird wohl nichts werden! Ich habe gehört, dass ihr Papagei das Testament anfechten will!"

Herr Knallmeier kommt mit seinem riesigen Hund zum Tierarzt und klagt: „Helfen Sie mir! Mein Hund jagt immer Kleinwagen hinterher!"
Der Tierarzt: „Das tun doch alle Hunde, hinter Autos herrennen!"
Herr Knallmeier: „Mag schon sein! Aber meiner fängt sie immer und verbuddelt sie im Garten!"

Auf einer Hundeausstellung sieht ein Schäferhund einen Mops und fragt mitleidig: „Wohl mit 80 Sachen gegen einen Baum gerast, was?"

Der Kakadu jammert: „Jetzt bin ich schon 21 Jahre alt, aber alle sagen Kakadu zu mir und nie Kakasie!"

Ein Krokodil sitzt im Flugzeug nach Afrika. Die Stewardess will die Handtasche, die es auf dem Schoß hat, ins Gepäckfach legen.
„Nein!“, protestiert das Krokodil wütend. „Die bleibt hier! Das ist mein armer Mann!“

Ein Wurm sagt zu seiner Verlobten: „Wenn du mich nicht sofort heiratest, werfe ich mich vor ein Huhn!“

Ein Mann und ein Hund spielen im Park Schach.
Sagt ein Passant: „Sie haben aber einen klugen Hund!“
Darauf der Hundebesitzer: „Wieso? Er verliert doch andauernd!“

„Unser Hund lügt wie gedruckt!“, behauptet Fritz. Hans glaubt ihm nicht.
Fritz: „Ich kann es dir beweisen ... Struppi, wie macht die Katze?“
„Wau! Wau!“
„Siehst du?“

Zwei Kühe unterhalten sich über eine dritte.
„Warum ist die Luise eigentlich so mager geworden?"
„Ach, die ist abergläubisch geworden, die frisst nur noch vierblättrigen Klee!"

Was macht 999-mal „klick" und einmal „klack"?
Ein Tausendfüßer mit einem Holzbein.

Zwei Mäuse machen einen Abendspaziergang.
Da huscht eine Fledermaus über ihre Köpfe hinweg.
Sagt die eine Maus: „Ui, schau, ein Engel!"

Zwei Hunde kommen vom Land zum ersten Mal in die Großstadt. Erstaunt betrachten sie die Parkuhren.
„Was das wohl ist?", fragt der eine.
Meint der andere: „Ist doch klar! Hier verlangen sie Klogebühren von uns!"

Eine Fliege saust haarscharf an einem Spinnennetz vorbei.
Ärgert sich die Spinne und keift wütend: „Wart ab, morgen erwisch ich dich!"
Streckt ihr die Fliege die Zunge raus: „Ätsch, ich bin eine Eintagsfliege!"

Zwei Weinbergschnecken treffen eine Nacktschnecke.
Sagt die eine zur anderen: „Ja, ja, der Orkan von letzter Woche! Da kommt schon wieder eine Obdachlose!"

Die Sensation im Zirkus ist ein Hund, der auf dem Rücken einer Ziege steht und laut singt: „Hoch auf dem gelben Wagen.“ Ein neugieriger Zuschauer fragt den Dompteur nach der Vorstellung, ob die Nummer ein raffinierter Trick war. „Klar“, flüstert der Dompteur, „der Hund kann gar nicht singen! Das war die Ziege!“

Der Hahn bringt ein Straußenei in den Hühnerstall. „Meine Damen, ich möchte Ihnen nur mal zeigen, was anderswo geleistet wird!“

Eine Schnecke kriecht mitten im Winter einen Kirschbaum hoch. Die Vögel fragen verwundert: „Was willst du denn mitten im Winter auf dem Kirschbaum?“
„Na, Kirschen essen!“
„Aber die sind doch gar nicht reif!“
„Wenn ich oben bin, schon!“

„Das ist ja heller Wahnsinn", ächzt der Glühwürmchen-Vater, „hat sich der Bengel in eine 60-Watt-Birne verknallt!"

In der Zoohandlung: „Was kosten denn die Goldfische?"
„Das Stück zehn Euro!"
„Und die Silberfische?"

Eine Fliege hat es sich auf dem Ohr eines Pferdes gemütlich gemacht.
Kommt eine zweite Fliege und fragt: „Was machst du denn hier auf dem Acker?"
Sagt die erste: „Stör uns nicht. Wir pflügen!"

„Mir ist so schlecht!", stöhnt der Tiger.
„Was ist denn mit dir los?", fragt seine Frau.
„Ach, der blöde Fahrstuhlführer, den ich zum Frühstück hatte, kommt mir immer wieder hoch!"

Die Wildgänse ziehen nach Süden.
Sagt eine neue, die zum ersten Mal mitfliegt, zu ihrer Nachbarin: „Warum fliegen wir eigentlich diesem alten Trottel da vorn nach?"
Sagt die: „Na, weil er den Atlas hat!"

Die Mottenmutter zu ihrem Jüngsten: „Wenn du nicht von dem alten Socken frisst, gibt's auch keinen Pelzmantel zum Nachtisch!"

Ein Kamel und eine Kuh wollen mit ihrem bisherigen Leben Schluss und sich selbstständig machen.
Sagt das Kamel: „Ich hab die Idee! Wir machen eine Milchbar auf!"
Sagt die Kuh: „Und wie stellst du dir das vor?"
Kamel: „Du lieferst die Milch und ich die Hocker!"

Ein Herr betrachtet im Zoo die Kängurus.
Er fragt den Wärter: „Was sind denn das für komische Viecher?"
„Kängurus, Einwohner von Australien!"
Entsetzt sich der Mann: „Um Gottes willen, meine Schwester hat gerade einen geheiratet!"

Spatzendame zu ihrer Freundin: „Ich lasse mich von meinem Mann scheiden!"
„Warum denn das?"
„Seit sechs Monaten hat er eine Meise!"

Eine Katze verfolgt eine Mäusefamilie. Plötzlich dreht sich der Mäusevater um und fängt an zu bellen. Die Katze ergreift die Flucht.
„Seht ihr, Kinder!", sagt der Mäusevater. „Man muss eben Fremdsprachen können!"

Fragt ein Mann die stolze Besitzerin eines Pekinesen: „Ist der kleine Kläffer denn auch wachsam?"
„Und wie! Der bellt sogar, wenn ich nur von Einbrechern träume!"

Der Löwe brüllt ein Zebra an: **„Wer bin ich?"**
Antwortet das Zebra vor Angst bibbernd:
„Du bist der König der Tiere!"
Danach faucht der Löwe das Gnu an: **„Wer bin ich?"**
Auch hier zitternd die Antwort: „Der König der Tiere!"
Jetzt kommt der Löwe zum Elefanten, der majestätisch und gelassen Blätter rupft: **„Wer bin ich?"** Doch als einzige Antwort packt der Elefant den Löwen beim Kragen und schleudert ihn verächtlich in ein Dornengebüsch.
Sagt der Löwe kleinlaut: „Man wird doch wohl mal fragen dürfen …!"

Zwei Frösche treffen sich auf der Wiese.
Fragt der eine:
„Warum siehst du denn so traurig aus?"
Sagt der andere:
„Ach, zu meiner Frau ist der Storch gekommen!"

Zwei Mäuse haben einen Elefanten gefangen und wollen ihn aufessen. Sagt die eine: „Weißt du, der reicht einfach nicht für uns zwei! Ich gehe los und fange noch einen!“ Als sie mit ihrer Beute zurückkommt, steht die andere Maus schluchzend in der Küche und weint: „Du, es tut mir leid, aber mein Elefant ist mir abgehauen!“

Schimpft die andere: „Lüg doch nicht! Du kaust ja noch!“

Ein Nashorn bestellt in der Bar einen Cocktail. Es schlürft ihn aus, bezahlt und will gehen. Da sagt der Barkeeper: „Na, so was, ein Nashorn war hier noch nie!“ Sagt das Nashorn: „War auch das letzte Mal, bei Ihren unverschämten Preisen!“

Zwei Glühwürmchen begegnen sich im Garten.
Sagt das eine: „Ich muss dringend zum Augenarzt!“
„Siehst du denn schlecht?“
„Und wie! Gerade eben habe ich mir ganz fürchterlich den Mund verbrannt!“
„Wie ist denn das passiert?“
„Ich habe versucht, einen Zigarettenstummel zu küssen!“

Ein Mann verkauft seinen Schäferhund.
Der neue Besitzer fragt:
„Mag der Hund kleine Kinder?"
„Schon, aber wenn Sie ihm Hundekuchen kaufen, kommt Sie das billiger!"

„Herr! Ihr Hund hat mich jetzt schon zweimal in die Wade gebissen!"
„Das tut mir leid! Aber Sie müssen schon verstehen, bei Ihren 1,84 Metern konnte er Ihre Nase schlecht erreichen!"

Ein Dackel steht an der Rennbahn und sieht bewundernd einem Jockey nach: „Es gibt doch tatsächlich auch schöne Menschen ...!"

„Bitte, reparieren Sie meinen Hund!“
„Aber ich bin doch Uhrmacher!“
„Das ist ja mein Problem! Er bleibt alle fünf Minuten stehen!“

Sagt die Schneckenmutter zu ihrer Tochter: „Und wenn auf der Straße eine Kurve kommt, musst du aufpassen, dass du nicht ins Schleudern gerätst!“

Wie heißt der Tausendfüßer auf Italienisch?

Molto bene!

Hurra, hurra, die Schule brennt!

Die 8b soll einen neuen Klassenlehrer bekommen. Zum Empfang legen die Jungen dem Neuen einen nassen Schwamm auf den Stuhl.
Prompt setzt sich der Lehrer auch drauf, spürt die Nässe, steht langsam auf und fragt dann verwundert: „Wen hattet ihr denn letzte Stunde?“

Lehrer zu Christian: „Nenne mir bitte drei Tiere, die in Afrika zu Hause sind.“
Christian: „Ein Krokodil und zwei Löwen!“

Ein Junge kommt zum Geigenunterricht, macht seinen Geigenkasten auf und sieht, dass eine Maschinenpistole drinliegt. „So was Blödes“, sagt er zum Geigenlehrer, „jetzt steht mein Vater mit der Geige in der Bank!“

Der Lehrer zu Claudia: „Nenne mir mal ein paar Tiere!“
Claudia: „Hühnchen, Entchen, Kätzchen, Mäuschen ...“
„Nun lass das doch mit diesem ewigen ‚chen‘ und sage uns, wie die Tiere richtig heißen!“
Darauf Claudia: „Kanin! Eichhörn! Frett!“

Frau Protzke gibt bei ihrer Nachbarin an: „Unser Sohn geht jetzt aufs Gymnasium und lernt Fremdsprachen!“
„Ist ja toll!“
„Ja! Wenn er jetzt hier wäre, könnte er Ihnen auf Englisch, Französisch, Lateinisch und Algebra guten Tag sagen!“

Vater ist sauer: „Das ist doch nicht zu fassen! Du hast 20 Fehler im Diktat?“
Sohn: „Was kann ich denn dafür, wenn die Lehrerin sie immer sucht wie eine Verrückte?“

„Warum musstest du denn heute schon wieder nachsitzen?"
„Ich habe mich geweigert, jemanden zu verpetzen!"
„Sehr anständig von dir! Und wen wolltest du um keinen Preis verraten?"
„Den Mörder von Julius Cäsar!"

Lehrer am ersten Schultag: „Wie heißt denn du?"
„Peter!"
„Und weiter?"
„Das spielt nun wirklich keine Rolle! Nennen Sie mich einfach Peter!"

„Morgen fällt die Schule aus, unser Lehrer macht eine Reise!"
„Wohin fährt er denn?"
„Keine Ahnung! Er hat gesagt: ‚Morgen fahre ich fort!'"

Lehrer: „Die Klasse ist im Rechnen derartig miserabel, dass ich 60 Prozent von euch glatt eine Vier im Zeugnis geben muss!"
Meldet sich Kuno: „Aber, aber, Herr Lehrer! So viele sind wir ja gar nicht!"

Peter schwitzt über seinen Hausaufgaben: „Sag mal, Vater, was ist das, der kleinste gemeinsame Nenner?"
Vater: „Mein Gott, Junge, das kann ich dir auch nicht sagen! Den haben sie schon gesucht, als ich selbst noch zur Schule ging!"

„Müller!“, erbost sich die Lehrerin. „Du warst heute mal wieder so frech im Unterricht, dass du nach dem Unterricht zwei Stunden nachsitzen musst!“
„Mir kann es ja egal sein“, seufzt Müller, „ich frage mich halt nur, was die Leute dann über uns reden!“

Flennend steht der kleine Fritz auf dem Schulhof und hält krampfhaft seine Wurstsemmel in der Hand.
„Aber Fritz, so ein großer Junge wird doch nicht weinen! Noch dazu, wenn er eine so große Wurstsemmel dabeihat!“
„Das ist ja das Problem“, schluchzt Fritzchen, „ich krieg meinen Mund nicht weit genug auf!“

Der achtjährige Martin kommt aus der Schule: „Ich soll dir von meinem Lehrer einen schönen Gruß bestellen, Papa, und sagen, dass morgen um acht Uhr Elternabend im kleinen Kreis ist.“
„Was soll denn das heißen?“
„Ist doch logisch: Du und der Lehrer!“

„Ihr Neffe ist also in den USA?“, erkundigt sich der Lehrer. Antwortet man ihm: „Ja, schon, das heißt, er wollte nach Amerika! Aber seine letzte Postkarte kam aus Usbekistan!“
„Ja, ja“, nickt der Lehrer bekümmert, „er war schon immer schwach in Geografie!“

„Welchen Nutzen bringt uns die Sonne?“, fragt der Erdkundelehrer.
Hubert: „Eigentlich überhaupt keinen! Nachts scheint sie nicht, und am Tag ist es bekannterweise sowieso hell!“

Die Lehrerin sieht misstrauisch Norberts Hausaufgaben an: „Sieht verdammt so aus wie die Handschrift deines Vaters!“
Norbert ungerührt: „Durchaus möglich! Ich hab mir seinen Füller ausgeliehen!“

Hans ist ein ausgezeichneter Leichtathlet. Eines Tages wird er krank. Seine Eltern rufen den Arzt.
Der stellt fest: „Mein lieber Junge, du hast leider 39 Grad Fieber!“
Hans im Bett hochfahrend: „Und wo liegt der Weltrekord, Herr Doktor?“

„Stell dir vor, Mutti, gestern hat der Lehrer den Manfred nach Hause geschickt, weil er sich nicht gewaschen hatte!“

„Und, hat das was genützt?“
„Und wie! Heute hatten sich zwölf Jungen und acht Mädchen nicht gewaschen!“

Der Vater versucht Eduard, der ein miserabler Schüler ist, zu besseren Leistungen anzuspornen: „Wenn du bessere Noten als ‚befriedigend' schreibst, bekommst du jedes Mal zehn Euro von mir!"
Fragt Eduard am nächsten Tag vorsichtig bei seiner Lehrerin an: „Pst, Fräulein! Möchten Sie sich gelegentlich mal fünf Euro dazuverdienen?"

Der Lehrer hat bei Klaus höchst verdächtige Handbewegungen unter der Schreibtischplatte beobachtet. Er geht ganz harmlos die Bankreihe entlang und schielt von hinten auf Klaus herunter, der tatsächlich Skatkarten in der Hand hält.
Lehrer entrüstet: „Klaus! Du wirst doch nicht spielen!"
Sagt Klaus entschieden: „Auf gar keinen Fall, Herr Lehrer! Mit diesem belämmerten Blatt?"

„Was habt ihr denn heute in der Schule alles durchgenommen?"
„Och, in Chemie haben wir zum Beispiel eine Reihe von Experimenten gemacht!"
„Und was macht ihr morgen in der Schule?"
„In welcher Schule denn?"

Während der Schulrat in einer Klasse den Unterricht prüft, fühlt er sich durch lautes Gebrüll aus der Nachbarklasse belästigt. Wütend läuft er rüber, packt den größten Schreihals aus dem ganzen tobenden Haufen und zerrt ihn an den Ohren mit sich fort.
Nach ein paar Minuten kommen drei Schüler und fragen an: „Wann, Herr Schulrat, meinen Sie, dass wir unseren Lehrer zurückkriegen können?"

Robert beklagt sich, dass ihn der Lehrer dauernd schikaniert. Dem Vater wird es zu dumm, und er sucht den Lehrer auf, um sich zu beschweren: „Wie kommen Sie dazu, meinen Robert dauernd zu schikanieren, Herr?"
Sagt der Lehrer: „Ich schikaniere ihn durchaus nicht! Ich nehme ihn nur ein bisschen öfter dran, damit er mit dem Rechnen nachkommt."
Dann dreht er sich zu Robert um und fragt: „Also, Robert, wie viel ist zum Beispiel drei mal vier?"
Robert weinend: „Siehst du, Papa! Jetzt fängt er schon wieder an!"

Biolehrer: „Warum enthält die Milch auch Fett?"
Schüler: „Damit die Euter beim Melken nicht quietschen!"

Montagmorgen in der Schule.
Sagt einer: „Wie spät haben wir es eigentlich?"
Sagt der zweite: „Neun Uhr!"
Sagt der erste: „Mann, die Woche zieht sich aber wieder lang hin ...!"

Herr Oberstudienrat Sauerbier erklärt den Schülern: „Die Musen sind die Töchter des Zeus. Sie beschirmen die Künste und die Wissenschaften. Es gibt eine Muse der Tanzkunst, die Muse der Dichtkunst ... wer kennt noch eine Muse von euch?“
Schnipst Heini eifrig mit dem Finger: „Herr Lehrer! Die Muse der Pampel!“

Nach 30 Jahren trifft der pensionierte Studienrat seinen schlechtesten Mathe-Schüler zum ersten Mal wieder. Der steigt gerade in eine chromblitzende Luxuskarosse ein, die mit allen Schikanen ausgestattet ist.
Lehrer erfreut: „Ja, sehen Sie mal, Hofmann, aus Ihnen scheint ja trotz Ihrer schlechten Leistungen in Mathematik doch noch etwas geworden zu sein!“
„Freilich, freilich“, schmunzelt der ehemalige Schüler selbstzufrieden, „wissen Sie, ich kaufe einfach Kisten für einen Euro und verkaufe sie weiter für vier Euro. Und von diesen drei Prozent kann ich gut leben!“

Kathrin erzählt der Biologielehrerin: „Fräulein! Gestern habe ich zwei männliche und zwei weibliche Fliegen beobachten können!"
Meint die Lehrerin: „Na, na, Kathrin! Die kann man doch gar nicht auseinanderhalten bei den Fliegen!"
Kathrin: „Wieso nicht? Zwei saßen am Bierglas und zwei am Spiegel!"

Die Musiklehrerin bittet: „Thomas, sing doch mal ein C!"
Thomas singt.
„Und nun ein F!" Thomas singt das F.
„Sehr schön", lobt die Lehrerin, „und nun bitte G!"
„Wie Sie meinen!", sagt Thomas und schleudert seine Bücher in die Schulmappe.

„Der Aufsatz über die Milch sollte doch zwei Seiten lang werden! Warum ist deiner nur eine halbe Seite lang?"
„Ich habe über Büchsenmilch geschrieben!"

Der Lehrer erklärt: „Ein Anonymer ist ein Mensch, der unbekannt bleiben möchte."
Kichert einer in der Klasse. Lehrer: „Wer hat da gelacht?"
Stimme: „Ein Anonymer!"

Schüler im Rechenunterricht: „Gestern haben Sie uns beigebracht, dass fünf und fünf zehn ist. Und heute sagen Sie auf einmal, dass sieben und drei zehn ist! Wollen Sie sich nicht mal endlich für was entscheiden?"

Professor vor der Klasse: „Ein für alle Mal: Es gibt keine größere und keine kleinere Hälfte, merkt euch das!“
Kleine Pause.
Dann: „… aber was rede ich mir hier den Mund fusselig, die größere Hälfte von euch kapiert das ja doch nicht!“

Der zerstreute Professor: „Schmittchen! Kommen Sie an die Tafel!“
Stimme aus der Klasse: „Schmittchen ist nicht da, Herr Professor!“
Professor: „Sie habe ich doch gar nicht gefragt! Lassen Sie Schmittchen doch für sich selber sprechen!“

„Keiner in der Schule kann mich leiden“,

lamentiert der Sohn, „die Lehrer sind unzufrieden mit mir, die Kinder veräppeln mich dauernd, ewig haut mich der Hausmeister an – ich halt es nicht mehr aus! Ich geh da nicht mehr hin!“
„Du musst aber“, sagt die Mutter, „erstens musst du noch einiges lernen, zweitens bist du erst 48 und drittens bist du der Direktor der Anstalt!“

Erster Schultag. Alexander kommt nach Hause und die Mutter fragt: „Nun, wie hat es dir gefallen?"
„Ich bin schwer enttäuscht, Mama!"
„Aber warum denn?"
„Sie haben uns durch eine Tür geschickt, auf der 1. Klasse gestanden hat. Aber was meinst du, was drin war? Lauter Holzbänke!"

Paul hat ein saumäßiges Zeugnis bekommen. Sein Vater ist außer sich und tobt gehörig.
Als er sich einigermaßen beruhigt hat, sagt Paul: „Mal ganz ehrlich, Vater, liegt es bei mir nun an den Erbfaktoren oder an den Umwelteinflüssen?"

„Merkt euch, Kinder: Eigenlob stinkt!", verkündet der Lehrer. Fünf Minuten später: „Herr Lehrer! Neben mir hat sich gerade einer gelobt!"

Bestürzt fragt der Vater den Lehrer: „Sehen Sie denn keine Möglichkeit, meinen Robert doch noch zu versetzen?"
Sagt der Lehrer: „Tut mir leid, nein! Mit dem, was Ihr Sohn nicht weiß, könnten immerhin noch drei andere Schüler sitzen bleiben!"

Vater: „Wenn du eine Eins schreibst, bekommst du fünf Euro von mir!"
Sohn: „Können wir nicht klein anfangen, Papa? Gib mir 'nen Euro für jede Fünf!"

Der Biologielehrer klärt die Schüler darüber auf, dass es gefährlich sei, Tiere zu küssen: „Die Krankheiten können sich leicht übertragen!“

Sagt Paul: „Ja, das kenn ich! Meine Tante hat ihren Papagei geküsst!“
„Und ist ihr etwas passiert?“
„Nein. Aber der Papagei ist eingegangen!“

Zwei Schulfreundinnen treffen sich nach Jahren zufällig wieder.
Fragt die eine: „Na, wie geht es dir? Was machst du so beruflich?“
Sagt die andere: „Ach, ich bin schon lange beim Theater!“

„Ist ja toll! Und was machst du so?“
„Ich verteile die Rollen!“
„Das muss ja unheimlich schwierig sein?“
„Halb so wild. Auf jedes Klo-Abteil kommt eine!“

Der Schotte McMac kommt zum Zahnarzt ...

Der Butler hilft dem seit Jahren schwerhörigen Lord Schrullingham aus dem Mantel und brabbelt dabei ungeniert vor sich hin: „Bestimmt hat der alte Tattergreis sich in der Stadt wieder die Hucke vollgesoffen!"
„Oh, nein!", meint da Lord Schrullingham, „hab mir diesmal ein Hörgerät gekauft!"

Der zerstreute Professor begegnet einem Herrn: „Ja, Hubermüller, Sie haben sich aber verändert! Eine Glatze haben Sie bekommen, und mindestens doppelt so dick sind Sie geworden!"
„Verzeihen Sie, aber ich heiße gar nicht Hubermüller!"
„Was, Hubermüller heißen Sie auch nicht mehr?"

Es ist bitterkalt. Ein Mann hackt ein Loch in den zugefrorenen See, zieht sich aus und hängt seine Kleider ordentlich über einen Zweig.
Fragt ein Passant entgeistert: „Was, um die Zeit wollen Sie noch baden?"
„Wieso nicht? Es ist doch erst halb drei ...!"

„Herr Wachtmeister, bei uns ist eingebrochen worden! Wir saßen in der Küche, als die Diebe kamen!"
„Und Sie haben gar nichts gehört?"
„Nein! Wir aßen gerade die Suppe!"

Zwei Landstreicher ziehen ihre Schuhe aus, um ihre Füße mal ordentlich auszulüften.
„Phh!", sagt der eine angewidert. „Deine Füße sind ja noch schmutziger als meine!"
„Na ja", erwidert der zweite, „ist doch kein Wunder! Ich bin ja auch sechs Jahre älter als du!"

„Mary", sagt der Schotte zu seiner Frau, „jetzt ist die Gelegenheit zum Haarewaschen! Dass du dann aber auch den Kopf zum Fenster rausstreckst, es ist Föhn angesagt!"

Der Richter zur Angeklagten: „Wie heißen Sie, junge Frau?“
„Thusnelda Dämlich!“
„Was ist Ihr Vater?“
„Alles, was auf den Tisch kommt!“

„Sagen Sie mal, Ihre Wohnung ist wohl ziemlich schmal geschnitten?“
„Ja, woher wissen Sie das?“
„Weil Ihr Hund nicht von links nach rechts wedelt, sondern von oben nach unten!“

Zwei Jungen geben mächtig an. Der eine prahlt: „Mein Bruder nimmt zwei Billardkugeln, drückt sie zusammen und zurück bleibt nur ein Häufchen Brösel!“
Sagt der zweite Junge: „Und meiner drückt zwei Ochsen zusammen, und zurück bleibt nur ein Würfel Bouillon!«

Ein Mann kommt in ein Fotogeschäft und will ein Gruppenbild von sich gemacht haben.
Der Fotograf nickt: „Gut! Dann stellen Sie sich bitte im Halbkreis auf!“

Ein Betrunkener stützt sich schwankend an einer Litfaßsäule ab und tastet sich mühsam weiter, einmal, zweimal, dreimal um die Säule herum.
Dann bricht er zusammen und schluchzt: „Mein Gott! Eingemauert!“

**Der Schotte McMac kommt zum Zahnarzt.
Der ekelt sich: „Ihre Zunge ist ja pechschwarz!“
„Kommt vom Whisky!“
„Whisky ist doch nicht schwarz!“
„Ich wollte eine Flasche nach Hause tragen. Sie fiel mir aus der Hand und zerbrach!“
„Und davon wird die Zunge schwarz?“
„Klar! Die Straße war doch frisch geteert!“**

Zwei einfältige Einbrecher haben sich mühselig bis zum Tresorraum der Bank durchgegraben. An der Tür steht: **Eintritt verboten!** Sagt der eine enttäuscht: „So ein Pech! Wenn das blöde Schild nicht wäre, könnten wir jetzt das Ding unseres Lebens drehen!“

McNepp und McDuffle trinken einen über den Durst.
McDuffle lallt schließlich: „Ich – hick – sollte wohl aufhören – hick – ich sehe schon alles doppelt!“
McNepp ist entzückt und zieht seine Brieftasche, um eine Pfundnote herauszuholen.
Die reicht er seinem Freund mit den Worten: „Hier sind die zwei Pfund zurück, die du mir im Winter geliehen hast!«

In einem Kurort läuft ein Mann die Promenade entlang und sagt immer wieder vor sich hin: „Ich kann wieder laufen! Ich kann wieder laufen!"
Fragt ein Vorübergehender: „Wie schön für Sie! Waren Sie denn sehr krank?"
Sagt der Mann: „Weniger! Aber heute Früh haben sie mir meinen Führerschein abgenommen!"

Ein Brillenträger will sich in einem Musikgeschäft zwei Instrumente aussuchen.
Schließlich sagt er: „Ich hätte gern die Ziehharmonika dort drüben und die Trompete!"
Sagt der Verkäufer: „Den Feuerlöscher können Sie sofort mitnehmen, aber der Heizkörper bleibt da!"

Der Betrunkene wirft nun schon zum zwölften Mal ein Markstück in den Automaten und holt jedes Mal eine Käsesemmel heraus.
Fragt jemand: „Mann, reicht das denn immer noch nicht?"
Sagt der Betrunkene: „Sie sind gut! Wo ich gerade meine Glückssträhne habe!"

Frau Meisenkaiser unterhält sich mit einer Freundin: „Stell dir vor, mein Mann nimmt immer ein Segelschiffchen mit in die Badewanne!"
„Ach, eine kleine Macke hat doch schließlich jeder!"

„Das mag schon sein! Aber vorher ruft er immer bei der Seewetterwarte an und lässt sich den Wetterbericht durchgeben!"

Das Skelett sitzt auf seinem Grab und raucht.
Kommt ein zweites Skelett vorbei und sagt: „Na, rauchst du immer noch?“
„Ja! Aber nicht auf Lunge!“

Graf Dracula kommt total betrunken nach Hause.
Schimpft seine Frau: „Musst du denn immer Alkoholiker beißen ?“

Mitternacht. Auf dem Friedhof öffnen sich zwei Gräber, und zwei Skelette klettern heraus. Sie laufen los und kommen zu zwei unter einem Baum abgestellten Motorrädern. Das eine Skelett steigt auf und startet. Plötzlich sagt das andere: „Warte mal einen Moment, ich hab was vergessen!“ Als es wiederkommt, schleppt es seinen Grabstein hinter sich her.
„Bist du übergeschnappt?“, fragt sein Freund. „Was soll das denn?“
„Bin ich blöd? Ich fahre doch nicht ohne Papiere!“

Eine dicke Frau steigt in der Apotheke auf die neue Waage – ein Wunder der modernen Technik. Da piepst eine Stimme: „Immer nur eine Person auf einmal!"

McKnauser heftet in seiner neuen Wohnung die Tapete mit Reißzwecken an die Wände.
Wundert sich sein Nachbar: „Wofür soll denn das gut sein?"
McKnauser: „Wo doch mein Mietvertrag nur über fünf Jahre läuft!"

Meier stürzt wie von Furien gehetzt in einen Haushaltswarenladen: „Schnell eine Mausefalle! Ich muss den Bus noch erwischen!"
„Tut mir leid! Aber so große Fallen führen wir nicht!"

Zwei Schotten besuchen die Schweiz. Während einer Bergbesteigung fallen sie in eine Gletscherspalte. Nach Stunden erscheinen die Männer von der Bergwacht und vom Roten Kreuz am Unglücksort und rufen in die Tiefe: „Hallo, wir sind vom Roten Kreuz! Hören Sie uns?" Antworten die Schotten von unten: „Ja! Aber wir geben nichts!"

Ein Einfaltspinsel kommt in ein Elektrogeschäft: „Ich hätte gern sechs durchgebrannte Glühbirnen!"
Die Verkäuferin wundert sich: „Die sind doch zu nichts nütze!"
Der Einfaltspinsel: „Doch! Richt ich mir 'ne Dunkelkammer mit ein!"

McMuffel kommt zum Hotelportier: „Ich möchte in Ihrem Hotel gern übernachten! Aber ich will kein Zimmer!"
„Wie bitte, mein Herr, kein Zimmer?"
„Nein! Bitte nur einen langen Flur! Ich bin Schlafwandler!"

Schild am U-Bahnhof:
Auf der Rolltreppe müssen Hunde getragen werden!
Jammert ein Passant:
„Wo kriege ich jetzt auf die Schnelle einen Hund her?"

„Borg mir doch bitte zwei Euro für den Bus!"
„Kann ich leider nicht! Ich hab nur einen Zwanzigeuroschein dabei!"
„Macht nichts! Dann fahr ich eben mit dem Taxi!"

Sagt einer im Schwimmbad: „Das Wasser ist aber irre kalt!"
Sagt der andere: „Stimmt! Man kann den Badeanzug gut gebrauchen!"

Drei Zwerge zanken sich, wer den kleinsten Vater hatte.
Sagt der erste: „Meiner konnte glatt unter einem Tisch durchgehen, ohne sich den Kopf anzustoßen!“
Sagt der zweite: „Meiner konnte glatt unter einem Stuhl durchgehen!“
Sagt der dritte: „Meiner ist gestorben, als er beim Erdbeerpflücken von der Leiter fiel!“

„Wer ist am Telefon?“
„Huber.“
„Wer bitte?“
„Huber, Heinrich, Ulrich, Berta, Emil, Richard.“
„Wieso ruft ihr denn gleich zu fünft an?“

Wochenlang strahlend blauer Himmel. Die Engel gehen zu Petrus und fragen, ob das Wetter so bleibt.
Sagt Petrus: „Nein! Es ziehen schon die ersten Wolken auf!“
Darauf die Engel: „Endlich! Da können wir uns mal wieder hinsetzen!“

Hin und her schwankend steht Bierdimpfl in seinem Schlafzimmer. Langsam zählt er: „Eins ... zwei ... drei ... und wenn das Bett wieder vorbeikommt, spring ich!“

Ein alter Herr unterhält sich auf der Parkbank mit einer älteren Dame über seine verschiedenen Zipperlein. Klagt der alte Herr: „Mit meinen Zähnen habe ich den meisten Ärger! Manchmal tun sie mir so weh, dass ich nachts kein Auge zubekomme!"
„Das Problem kenne ich nicht! Wir schlafen getrennt!"

Jahrelang betet der arme Herr Knaps: „Herr! Lass mich im Lotto gewinnen!"
Noch nach 20 Jahren fällt er auf die Knie und fleht: „Herr! Lass mich im Lotto gewinnen!" Plötzlich ist sein Zimmer strahlend hell erleuchtet, und es ertönt eine mächtige Stimme: „Knaps, gib mir eine Chance! Füll endlich einen Lottoschein aus!"

Ein Roboter kommt in ein Eisenwarengeschäft und fragt:
„Haben Sie Wellblech?"
„Ja!"
„Dann hätte ich gern zwölf Meter!"
„Wozu brauchen Sie denn so viel Wellblech?"
„Meine Frau will sich einen Faltenrock machen!"

Der Förster trifft im Wald die sieben Zwerge und fragt:
„Wer seid ihr denn?“
„Die sieben Zwerge!“
„Aber … ihr seid doch nur zwei!“
„Ja mei, der Personalmangel!“

Zwei Jungen geben mit ihren Vätern an.
Der eine sagt: „Mein Vater ist klasse! Kennst du den Bodensee? Er hat dafür das Loch gegraben!“
Der zweite Junge: „Hast du schon mal vom Toten Meer gehört? Mein Vater hat's erschlagen!“

„Benutzt ihr auch die modernen saugfähigen Papierwindeln für euer Baby?“
„Nein, es bekommt Trockenmilch. Wir stauben es nur ab!“

Der Briefträger äugt durch den Briefschlitz in der Tür und schimpft: „Jetzt hören Sie schon auf zu bellen, Herr Meier, es ist keine Rechnung dabei!“

Es läutet. Frau Lottermann steht gerade unter der Dusche.
„Aufmachen! Hier ist die Polizei! Ihr Mann ist verunglückt! Wir haben ihn gleich mitgebracht!"
Frau Lottermann: „Ich dusche gerade! Wie ist denn das passiert?"
Der Beamte: „Die Straßenwalze hat ihn überfahren!"
Frau Lottermann: „Ach, dann schieben Sie ihn doch eben schnell unter der Tür durch!"

Ein Dicker trifft einen Dünnen und spottet: „Wenn man dich so ansieht, könnte man glauben, eine Hungersnot sei ausgebrochen!"
Sagt der Dünne: „Und wenn man dich anguckt, könnte man glauben, du seist schuld daran!"

Drei Jungen zanken sich, wer den kleinsten Bruder hat
Der erste: „Mein Bruder ist nur 1,20 Meter groß!"
Der zweite: „Meiner passt noch in den Kinderwagen meiner kleinen Schwester!"
Der dritte triumphierend: „Ätsch! Meiner ist Testfahrer bei Match-Box!"

Erwin kommt beschwipst nach Hause und fängt sofort an zu mosern: „Mann, ist das wieder ein mieses Fernsehprogramm heute!"
Sagt seine Frau: „Du stehst ja auch vor dem Spiegel!"

„Warum ziehen Sie denn das Tau hinter sich her?"
„Schieben funktioniert nicht, hab ich schon probiert!"

„Was hat sich deine Frau zu Weihnachten gewünscht?"
„Ein Streichinstrument! Ich weiß wirklich nicht, wie ich das bezahlen soll!"
„Dann kauf ihr doch ein Buttermesser."

„Papa, wo liegt eigentlich Afrika?"
„Weiß ich auch nicht so genau! Aber bei uns ist ein Schwarzer in der Firma, der kommt jeden Morgen mit dem Fahrrad ... kann also nicht weit sein!"

„Hoffentlich sind wir nicht zu lange geblieben?", entschuldigt sich Frau Huber bei den Gastgebern.
„Keineswegs! Um diese Zeit stehen wir sowieso immer auf!"

„Mutti, alle lachen mich aus, weil ich so große Füße habe!"
„Unsinn, Junge! Stell deine Schuhe in die Garage und komm endlich essen!"

„Ich weiß nicht, was ich dieses Jahr meiner Frau zum Geburtstag schenken soll!"
„Frag sie doch einfach!"
„Na, so viel wollte ich nun auch wieder nicht ausgeben!"

Frau Blümel kommt zu Fuß nach Hause.
Ihr Mann ahnt Fürchterliches: „Wo ist das Auto, Adelheid?"
„Kaum zu fassen, mein Lieber! Da steht doch so ein Baum 50 Jahre, ohne sich zu rühren, auf seinem Platz, und kaum komme ich, springt er mir genau vor den Wagen!"

Frau Nörgel ist ein ziemlicher Hausdrachen. „Alfred, sitzt du etwa schon wieder auf dem neuen Sofa?" „Natürlich nicht! Ich sitze auf dem Boden, Liebste!" „Dann schlag gefälligst den Teppich zurück!"

Ein älteres Ehepaar geht zum Picknicken in den Wald.
Auf einer Lichtung sagt die Frau mit energischer Stimme: „So! Hier ist genau der richtige Platz für unser Picknick!" Ihr Mann antwortet: „Du hast Recht wie immer, Schatz! Hunderttausend Ameisen können nicht irren!"

Martin fährt freihändig auf dem Fahrrad. „Schau mal, Mutti! Ohne Hände!"
Nach einer Weile: „Schau mal, Mutti! Ohne Schähne!"

„Ich stamme aus einer Familie mit alter Tradition!", prahlt Elfriede. „Mein Onkel besitzt eine Uhr, die früher Friedrich dem Großen gehört hat!"
Sagt Inge: „Das ist doch gar nichts! Mein Großvater hat einen Adamsapfel!"

„Papa, wo liegen die Bahamas?“
„Frag deine Mutter, Junge! Die räumt doch immer auf!“

Sagt Oma zu Opa: „Du, wollen wir nicht mal wieder ins Kino gehen?“
Opa: „Wir waren doch erst drin!“
„Das schon“, meint Oma, „aber inzwischen haben sie den Tonfilm erfunden!“

„Wie geht es deinem Vater?“, erkundigt sich Hans bei Hubert.
„Ach, gestern hat er mal wieder einen Schlaganfall gehabt!“
Betroffen sagt Hans: „Das ist doch nicht dein Ernst?“
„Doch! Sieh dir bloß mal die blauen Flecken auf meinem Hintern an!“

„Ist dein Vater eigentlich auch so ernst wie meiner?“, fragt Susanne ihre Freundin.
„Ja! Er lacht nur zweimal im Jahr!“, antwortet die.
„Und warum?“
„Weil sich meine Mutter dann einen neuen Hut kauft!“

Fünf Jahre ist der kleine Sohn von Neumeiers schon alt, und noch nie hat er ein einziges Wort gesprochen. Die Eltern sind am Verzweifeln.
Eines Tages springt der Junge beim Mittagessen auf und brüllt: „Verdammt, wo ist das Salz?"
Die Eltern weinen vor Freude: „Wieso kannst du denn auf einmal reden?"
Sagt der Junge: „Na ja! Bisher war ja so weit auch immer alles in Ordnung!"

Oma ist schon sehr schwerhörig. Eines Tages spaziert sie mit ihrer Enkeltochter am Bahndamm entlang. Plötzlich rast ein Schnellzug vorbei und gibt ein ohrenbetäubendes Doppel-Signal ab.
Sagt Oma mit entzücktem Lächeln: „Das ist der erste Kuckuck, den ich dieses Jahr höre!"

„Ich kann nicht begreifen, dass sich meine Frau von mir scheiden lassen will", erregt sich Herr Säuerlich, „erst gestern habe ich ihr noch den Kaffee ans Bett gebracht! Sie musste ihn doch nur noch mahlen!"

Die Schwiegermutter:
„Und wenn ich eines Tages im Himmel bin und so auf euch herabsehe …“
Unterbricht sie ihr Schwiegersohn grimmig: „Schon mal gehört, dass Drachen nicht höher als 50 Meter steigen dürfen?“

„Oma? Schenkst du mir 50 Cent? Draußen ist ein Mann und verkauft Apfelsinen!“
„Ach was! Streck ihm die Zunge raus, dann schmeißt er dir eine hinterher!“

„Was hast du denn angestellt, dass du in der Ecke stehen musst?“, fragt ein Besucher mitleidig das kleine Karlchen.
„Och, halb so wild! Immer wenn Besuch da ist, muss ich bloß den Fleck auf der Tapete verdecken!“

„Heidi“, ruft der Vater empört, „woher hast du denn diesen schlimmen Ausdruck?“
„Aber der ist doch von Goethe!“
„Ich verbiete dir den Umgang mit diesem Flegel!“

Susanne entdeckt an den Schläfen ihres Vaters die ersten weißen Haare: „Papa, du fängst schon an zu schimmeln!“

Der Vater bastelt leidenschaftlich gern. Eines Sonntags nimmt er sogar die Kuckucksuhr auseinander und zerlegt sie in ihre Bestandteile. Dann setzt er sie Schräubchen für Schräubchen wieder zusammen. Er vergisst wirklich kein Rädchen, keine Feder. Den Kuckuck baut er natürlich auch wieder ein. Dann hängt er die Uhr stolz an die Wand zurück. Die Familie wartet gespannt. Es wird drei Uhr, vier Uhr, fünf Uhr. Der Kuckuck rührt sich nicht.
Um sechs öffnet sich vorsichtig das Türchen, der Kuckuck beugt sich heraus und piepst: „Verdammt! Kann mir einer sagen, wie spät es ist?“

Tante Adelheid bearbeitet das Klavier. Eine Stunde, zwei Stunden. Schließlich sagt ihr kleiner Neffe: „Du, wenn du nicht mehr anhalten kannst, ich glaub, der rechte Hebel ist die Bremse!“

„Papa, was ist ein Vakuum?“
„Moment, Junge! Ich hab’s im Kopf,
aber ich komm nicht drauf!“

Peter schleppt einen Schrank von einem Zimmer ins andere.
„Ich denke, Klaus will dir helfen?“, fragt der Vater.
Peter: „Tut er ja auch! Er sitzt im Schrank und hält die Kleiderbügel fest!“

„Vater, haben Blaubeeren Beine?"
„Nein, mein Sohn!"
„Dann habe ich eben einen Mistkäfer gegessen!"

„Du hast bloß deinen blöden Fußball im Kopf!", meckert die Ehefrau, „ich glaube, du weißt nicht mal mehr, wann wir geheiratet haben!"
Sagt der Ehemann: „Dass du dich nicht täuschst! Das war genau an dem Sonntag, als wir 3 : 0 gegen die Schweiz gewonnen haben!"

„Das hat ja fantastisch geschmeckt!", lobt der Ehemann seine Frau. „Hast du das ganz allein aufgetaut?"

„Unglaublich, dieser Typ: lange Haare, Zigarette im Mundwinkel, Löcher in den Hosen! Ist das nun ein Junge oder ein Mädchen?"
„Entschuldigen Sie mal, das ist meine Tochter!"
„Oh, Verzeihung, ich konnte ja nicht ahnen, dass Sie die Mutter sind!"
„Wieso Mutter? Ich bin der Vater!"

Ein Skelett geht zum Arzt und lässt sich mal durchchecken. Nach der Untersuchung fragt es besorgt: „Ist es schlimm, Doktor?“
Arzt: „Ich kann mich noch nicht festlegen, muss Sie erst noch röntgen!“

Die Kartoffel sagt zum Spargel: „Ich bin viel größer als du, viel runder und viel schwerer. Ich verstehe nicht, warum du trotzdem teurer bist!“
Spargel: „Ich habe eben Köpfchen!“

Müller kommt trällernd ins Büro, küsst die Sekretärin, haut dem Direktor eine runter und stülpt ihm dann den vollen Aschenbecher über den Kopf.
Kommt ein Kollege und flüstert ihm ins Ohr: „Hör auf, Knallkopf! Wir haben dich in den April geschickt! Du hast gar nicht im Lotto gewonnen!“

Fragt ein Junge einen anderen auf dem Spielplatz: „Hast du gute Zähne?“
„Ne, hab ich leider nicht!“
„Dann halt mal meine gebrannten Mandeln, während ich Fußball spiele!“

Ein Autofahrer wird betrunken von der Polizei erwischt. Man will seinen Führerschein sehen.
Der Fahrer empört: „Den habe ich euch doch schon vor sechs Wochen gegeben! Habt ihr den verschlampt?“

Ein Pfarrer und ein Taxifahrer kommen an die Himmelspforte.
Petrus begrüßt die beiden und sagt zum Taxifahrer: „Geh ruhig schon rein!"
Und zum Pfarrer: „Und du kannst dich zum Teufel scheren!"
Sagt der Pfarrer: „Das verstehe ich nicht! Ich habe doch täglich gebetet, dass meine Schäflein fromm sind und gute Werke tun!"
Petrus: „Aber der Taxifahrer ist zeit seines Lebens so gefahren, dass alle gebetet haben!"

Wie machen Skelette Hautpflege?

Erst abschmirgeln und dann blank polieren.

„Deine Frau behandelt dich ja miserabel – ich ließe mir das nicht gefallen!"
„Gefallen lassen? Hast du nicht gesehen, wie frech ich unter dem Tisch hervorgeschaut habe?"

Ein Skelett schlendert durch die Straßen. Plötzlich fährt ein Leichenwagen vorbei. Winkt das Skelett mit seiner Knochenhand: „Hallo! Taxi!“

Nachts zur Geisterstunde geht ein Skelett spazieren. Da kommt der Friedhofswärter und sagt: „Ab 24 Uhr ist Ausgangssperre!“
Knurrt das Skelett: „Und das bei den hohen Mieten!“

„Tag, Frau Müller! Gestern habe ich Ihren Mann getroffen, aber er hat mich nicht gesehen!“
„Ja, hat er mir erzählt!“

In einem abgelegenen Bergdorf bringt ein Einheimischer einen Bekannten mit zum Stammtisch.
Der sagt höflich: „Ich wünsche einen guten Abend!“
Dann fällt stundenlang kein einziges Wort mehr.
Gegen Mitternacht verabschiedet sich der Fremde: „Auf Wiedersehen!“
Sehen sich alle am Stammtisch empört an und sagen dann zu ihrem Stammtischbruder: „Den brauchst aber nicht mehr mitzubringen! Der redet zu viel!“

Ein Witwer ist zur Geisterstunde noch auf.
Da erscheint ein Gespenst und kreischt: „Hu! Ich soll dich im Auftrag deiner verstorbenen Frau erschrecken!“
Sagt der Witwer: „Fahren Sie ruhig fort! Hauptsache, der alte Drachen kommt nicht selbst!“

„Du hast auf der Straße einen 500-Euro-Schein gefunden, habe ich gehört? Hast du ihn auf dem Fundbüro oder bei der Polizei abgegeben?“
„Das war mir echt zu peinlich! Das hätte ja so ausgesehen, als wollte ich mit meiner Ehrlichkeit prahlen!“

„Hast du auch schon gehört, der Hugo soll furchtbar zugenommen haben!“
„Ja, wenn man ihn ansieht, muss man direkt ein Stück Brot dazu essen!“

„Sie haben Herrn Pöschl eine widerliche Wanze genannt. Wir sind seine Sekundanten und überbringen die Forderung zum Duell. Welche Waffe wählen Sie?“
„Ich wähle Insektenspray!“

„Ihre Tochter heiratet also morgen?“
„Ja!“
„Weiß denn der Bräutigam, dass sie ein Holzbein hat?“
„Nein, damit wollen wir ihn überraschen!“

Der Weihnachtsmann steht betrunken an der Bar und beklagt sich über sein Leben.
Meint er zum Wirt: „Es ist doch eine unglaubliche Ungerechtigkeit auf der Welt: Sie gibt es gleich doppelt und mich überhaupt nicht!“

Zwei Autos stoßen zusammen. Die beiden Fahrer warten auf die Funkstreife.
Sagt der eine: „Hier, ich habe einen Flachmann mit Cognac dabei! Nun nehmen Sie mal einen kräftigen Schluck auf den Schreck!“
Sagt der andere, nachdem er tüchtig getrunken hat: „Bitte, und nun Sie!“
Sagt der: „Ne, danke, erst wenn die Polizei da gewesen ist!“

Sprechen zwei Väter über Kindererziehung.
Sagt der eine: „Ich bin mal in eine Gegend gekommen, da mussten die Kinder ihre Eltern noch siezen!"
Sagt der andere: „Ohne Respekt geht es nun einmal nicht! Bei uns in der Familie ist das auch noch Tradition!"
„Aber Ihr Zwölfjähriger hat Sie doch gerade geduzt?"
„Mit dem hab ich an Silvester Brüderschaft getrunken!"

Ein sparsames Elternpaar möchte ins Konzert – und zwar mit dem zweijährigen Sohn.
Sagt die Platzanweiserin: „Sobald Ihr Kind anfangen sollte zu schreien, müssen Sie den Saal verlassen! Ihr Eintrittsgeld bekommen Sie dann selbstverständlich an der Kasse zurück!" Das Konzert beginnt, doch das Ehepaar ist unzufrieden mit der Darbietung.
Nach einer Weile tuschelt die Frau ihrem Mann zu:
„Los, kneif das Kind!"

Kathrin kommt zum Kaufmann und fragt: „Haben Sie viereckige Bonbons?"
„Leider nicht!"
Ein paar Tage später kommt Kathrin wieder: „Haben Sie heute viereckige Bonbons?"
„Nein, immer noch nicht!"
Eine Woche vergeht, dann steht Kathrin wieder im Laden:
„Gibt's heute viereckige Bonbons?"
Endlich nickt der Kaufmann bejahend mit dem Kopf: „Ja, jetzt habe ich viereckige Bonbons bekommen!"
Sagt Kathrin: „Fein! Darf ich sie für Sie rund lutschen?"

Bömmel umkreist nachts einen Laternenpfahl und grölt Lieder vor sich hin.

Der Polizist: „Gehen Sie nach Hause, Mann, sonst muss ich gegen Sie Anzeige wegen ruhestörenden Lärms erstatten!"

Lallt Bömmel: „Sie sind im Irrtum! Nach dem, was ich in der Schule gelernt habe, brauche ich hier nicht wegzugehen!"

Polizist: „So, und was haben Sie gelernt?"

Bömmel: „Ich habe gelernt – hick –, dass die Erde sich dreht!"

„Na, und?"

„Nun werd ich doch warten dürfen, bis mein Haus vorbeikommt!"

Ein Irrer beobachtet aus dem Fenster der Anstalt einen Angler. Schreit er zu dem Mann hinunter: „Was machst du denn da?"

„Ich angle!"

„Hast du schon was gefangen?"

„Nein, nichts!"

„Wie lange stehst du da schon und angelst?"

„Inzwischen sechs Stunden!"

„Dann komm rein!"

Nach dem Mittagessen stellt sich der Schotte vor die Haustür und pult fünf Minuten in seinen Zähnen herum.

Warum? Die Nachbarn sollen glauben, dass es bei ihm zum Mittagessen täglich Fleisch gibt!

Oskar muss für Freunde Zigarren kaufen.
Der Verkäufer fragt: „Wünschen Sie schwere Zigarren oder darf es etwas Leichtes sein?“
Oskar wählt und sagt: „Ich brauche von jeder Sorte eine Kiste! Die leichten nehme ich gleich mit, die schweren schicken Sie mir bitte mit dem Boten vorbei!“

„Paul, du hast aber eine flotte Jacke an!“
„Nicht wahr? Schick geschnitten und die Farbe erst – fliederfarben ist in Paris der letzte Schrei!“
„Aber die Jacke ist doch schneeweiß!“
„Noch nie was von weißem Flieder gehört?“

„Hat Vater die neue Kühltruhe schon getestet?“
„Ja, hat er!“
„Und ist er mit dem Gerät zufrieden?“
„Keine Ahnung! Er ist noch nicht rausgekommen!“

„Hast du schon gewusst, dass man für einen Pullover drei Schafe braucht?“
„Ne, hab ich nicht! Vor allem hab ich nicht gewusst, dass Schafe stricken können!“

„Wenn Sie nicht immer volltrunken wären, könnten Sie längst Offizier sein!", schimpft der Kapitän mit einem Matrosen. Sagt der: „Ach, lassen Sie mal, Käpt'n, wenn ich betrunken bin, bin ich Admiral!"

Im Wirtshaus sitzen ein Mann und ein Student an einem Tisch. Der Mann hat eine gewaltige Nase im Gesicht. Der Student fragt frech: „Wie sind Sie denn zu dieser monumentalen Gurke gekommen?"
Sagt der Mann: „Das war so, mein Herr! Wie bei der Schöpfung die Nasen verteilt worden sind, bin ich ein bisschen zu spät gekommen. Es waren nur noch zwei Nasen übrig, meine und Ihre. Ich habe zuerst nach Ihrer gegriffen, aber da hat der Herrgott zu mir gesagt: Die nimm lieber nicht! Das ist eine Rotznase!"

„Du, ich wache immer von meinem eigenen Schnarchen auf!"
„Na, dann leg dich doch ins andere Zimmer!"

Klaus erzählt: „Meine Schwester ist wirklich ein toller Glückspilz!"
„Und weshalb?"
„Mann, gestern war sie zu einem Geburtstag eingeladen! Die Jungen mussten jedem Mädchen bei der Begrüßung entweder einen Kuss oder eine Tafel Schokolade geben!"
„Und?"
„Kommt sie doch mit 25 Tafeln Schokolade nach Hause!"

Ein Schotte kommt mehrmals am Tag zu seinem Nachbarn und fragt, wie spät es sei.
Eines Tages wird es dem Nachbarn zu dumm: „Warum schaffen Sie sich nicht selbst eine Uhr an?"
Sagt der: „Ich hab ja eine! Aber ich hab sie gut verpackt, damit sie geschont wird!"

„Entschuldigen Sie, mein Herr! Ich möchte in den Zoo!"
„Interessant! Als was denn?"

„Mir fallen vor lauter Sorgen schon die Haare aus!"
„Worüber machst du dir denn so schreckliche Sorgen?"
„Dass ich eine Glatze kriegen könnte!"

Die Mutter von Peter zahlt jedes Mal zehn Cent, wenn Peter ein aufgeschnapptes schlimmes Wort nicht mehr zu gebrauchen verspricht.
Eines Tages hält Peter die Hand auf: „Heute habe ich ein Wort gelernt, das ist gut und gern seine fünf Euro wert!"

Otto: „Ich habe hier Geld in meiner Hand versteckt, Paule! Wenn du rauskriegst wie viel, gehört der Euro dir!“
Paul: „Geh weiter, wegen des einen Euro werde ich mir doch nicht den Kopf zerbrechen!“

Eine feine Dame sieht Karlchen auf der Straße eine Zigarette rauchen: „Was machst du denn da, Bengel? Das werde ich deiner Mutter erzählen!“
Karlchen: „Wie Sie wollen! Aber dann erzähle ich Ihrem Mann, dass Sie fremde junge Männer auf der Straße anquatschen!“

Die Fenster sind schmutzig.
Frau Schmidt hat eine Idee und sagt zu ihrem Mann: „Wir teilen uns die Arbeit! Dazu nehmen wir ein Bügelbrett. Ich setze mich drinnen drauf und putze, und du stellst dich draußen drauf und putzt!“
So wird es denn auch gemacht.
Als beide so richtig in Schwung sind, klingelt es an der Haustür. Frau Schmidt verlässt ihre Bügelbretthälfte, läuft hin und öffnet … da sitzt ihr Mann auf der Straße und stöhnt.
Sagt Frau Schmidt: „Hast du geklingelt, Heinrich?“

„Kennst du den Unterschied zwischen einem Ohrensessel und einer Brennnessel?“
„Nein!“
„Dann setz dich mal rein!“

„Ich bin heute Nacht im Traum in einen Nagel getreten!"
„Warum schläfst du denn auch immer barfuß!"

„Warum sind die Tasten am Klavier denn so gelb, wenn sie aus Elfenbein sein sollen?"
„Wird der Elefant wohl ein starker Raucher gewesen sein!"

„Mama, Oliver hat meinen Spielzeugkran kaputt gemacht!"
„Wie hat er denn das nun wieder angestellt?"
„Ich hab ihm damit eins auf den Kopf gegeben!"

Fremde Länder – fremde Sitten

Kommt ein Indianer zum Sheriff: „Sir, ich möchte gern meinen Namen ändern lassen!"
„Okay! Wie heißt du?"
„Rauschender-Adler-der-vom-Himmel-fällt!"
„Und wie möchtest du in Zukunft heißen?"
„Plumps!"

Ein Ausländer sieht in Arizona einem Indianer zu, der Rauchsignale in den Himmel steigen lässt. Empört schnauzt er: „So eine Verschwendung! Wie viel Holz braucht man für so was?“ Der Indianer: „Kommt drauf an, ob's ein Orts- oder Ferngespräch ist!“

Little Joe stürzt in den Saloon und schreit wütend:
„Wer hat meinen Gaul grün angestrichen?“
Killer-Sam dreht langsam seine mächtigen 1,95 Meter herum und sagt: „Ich!“
Darauf Little Joe kleinlaut: „Ich wollte ja nur sagen, dass die Farbe trocken ist. Du kannst jetzt lackieren!“

„Warst du schon mal in Afrika?“
„Nein!“
„Dann müsstest du eigentlich meinen Bruder kennen! Der war auch noch nie dort!“

Im Saloon prahlen zwei Cowboys, dass sich die Balken biegen. „Gestern habe ich beobachtet, wie einer die Niagarafälle raufgeschwommen ist!“, sagt der eine.
Darauf der andere: „Klar! Das war ich!“

Zwei englische Lords jammern über die schlechten Zeiten.
Stöhnt der eine: „In diesem Jahr konnte ich mit Ach und Krach die Steuern für mein Vermögen aufbringen!“
Sagt der andere: „Bei mir sieht es auch nicht rosig aus! Ich musste sogar mein Schlossgespenst an eine Geisterbahn vermieten!“

Der Schotte McKnicker wird von einem Auto angefahren. Ihm ist zwar nichts passiert, trotzdem drückt ihm der Fahrer eine Pfundnote als Schmerzensgeld in die Hand.
Sagt McKnicker: „Sagen Sie doch mal ... kommen Sie hier öfter vorbei?“

Truppenparade im Urwald. Eine Kannibalen-Kompanie marschiert zackig vorbei.
Staunt ein Zuschauer: „Nanu? Seit wann haben die denn weiße Offiziere?"
„Das sind keine Offiziere! Das ist die Marschverpflegung!"

Ein Missionar wird von Kannibalen gefangen, gründlich geschrubbt und in einen Kochkessel gesteckt. Verzweifelt fängt er an zu beten. Siehe da, die Kannibalen fallen auf die Knie und beten auch.
Da ruft der Missionar erfreut: „Ein Wunder ist geschehen! Ich habe euch bekehrt!"
Ein Kannibale darauf: „Quatsch! Wir beten immer vor dem Essen!"

Ein Bayer und ein Engländer sitzen im Hofbräuhaus am Tisch.
Der Engländer fragt: „Are you smoking?"
Der Bayer: „Na! Trachtenanzug!"

Ein kleiner Schottenjunge hat Geburtstag. Sein Opa möchte ihm ein Geschenk machen und hält dem Jungen eine Münze und eine Pfundnote hin. Er hofft, knickerig wie er ist, dass der Enkel sich für die wertlosere Münze entscheidet. Der Junge greift auch tatsächlich danach. Als der Opa den Geldschein tief befriedigt wieder wegstecken will, sagt der Junge: „Halt! Einwickeln!"

McDonald sieht, wie sein Freund einen Kamm kauft. „Bei meinem alten Kamm ist eine Zinke ausgebrochen!", erklärt dieser.
„Was für eine Verschwendung!" empört, sich McDonald. „Wegen einer fehlenden Zinke kaufst du gleich einen neuen Kamm?"
„Aber", verteidigt sich sein Bekannter, „es war doch die letzte!"

 Der Sultan sagt zu einer seiner Haremsdamen: „Deine Augen strahlen wie der Mond und die Sterne! Deine Lippen gleichen herrlichen Rubinen! Weitersagen!"

McMuffel bringt seinen beiden Kindern einen Luftballon mit nach Hause.
„Hier habt ihr etwas besonders Schönes“, sagt er,
„nun müsst ihr aber auch redlich teilen!“

Großes Bankett beim Regierungspräsidenten.

Zwischen zwei Geladenen sitzt auch der Vertreter eines afrikanischen Staates.
Meint sein linker Nachbar: „Du, Mampf-Mampf gut?“
„Gut!“
Der rechte Nachbar: „Gluck-Gluck gut?“
„Gut!“
Es werden Reden gehalten und auch der afrikanische Gast hält eine.
Als er auf seinen Platz zurückkehrt, fragt er seine beiden Nachbarn: „Blabla gut?“

McMillan fährt mit dem Zug nach Aberdeen.
Der Schaffner will seine Fahrkarte sehen.
McMillan hat keine.
„Dann lösen Sie gefälligst ein Billett nach!“,
verlangt der Schaffner.
McMillan weigert sich störrisch.
Der Schaffner wird wütend und will
McMillans Koffer zum Fenster rauswerfen:
„Entweder Sie zahlen oder ...?“
Schreit McMillan: „Sie Unmensch, Sie,
erst wollen Sie mich ausrauben und nun
auch noch meinen Sohn umbringen!“

Im Wilden Westen will sich ein Geistlicher ein Pferd kaufen. Der Händler hat etwas ganz Besonderes für ihn: „Nehmen Sie den Rappen! Bei den Worten ‚Gott sei Dank‘ rennt er los, bei ‚Amen‘ bleibt er stehen!“ Der Geistliche ist von dem frommen Tier begeistert und reitet los. Nach einer Weile prescht das Pferd in vollem Galopp auf eine tiefe Schlucht zu. Der Geistliche betet verzweifelt ein Vaterunser. Beim Amen stoppt das Pferd in letzter Sekunde kurz vor dem tiefen Abgrund. Erleichtert wischt sich der Geistliche den Angstschweiß von der Stirn: „Gott sei Dank!“

Als McGregor nach zehn Jahren aus Amerika zurückkommt, erwarten ihn seine drei Brüder am Bahnhof von Aberdeen. Entsetzt starrt er sie an: Alle drei tragen Bärte, die bis zu den Knien reichen. Die bärtigen Gesellen zu ihrem Bruder: „Warum hast du, als du wegfuhrst, auch den Rasierapparat mitgenommen!“

Zwei Bärenjäger treffen sich in der russischen Steppe. Sagt der eine: „Mir ist gestern ein gewaltiger Bär vor die Flinte gekommen. Hier ist sein Pelz!“
Darauf der andere: „Wie machst du das nur immer, dass du so große Bären erwischst?“
Erklärt der vom Jagdglück Begünstigte: „Es ist ganz einfach! Du musst dich vor eine Höhle stellen. Dann pfeifst du, der Bär kommt heraus und du schießt!“ Zwei Wochen später treffen sich die beiden wieder. Der Ratsuchende ist total in Binden und Pflaster eingewickelt. „Hast du denn meine Tips nicht beachtet?“, fragt der Bärenjäger.
„Doch! Ich habe mich vor eine Höhle gestellt und gepfiffen, wie du gesagt hast.“
„Und was kam heraus?“
„Die Transsibirische Eisenbahn!“

Ein Schotte fährt mit dem Schiff über den Ärmelkanal. Als er in Calais ankommt, sieht er, wie ein Taucher aus dem Wasser steigt. Darauf fällt er in Ohnmacht. Ein Arzt bringt ihn wieder zu Bewusstsein und fragt nach dem Anlass dieses Schocks.
Darauf der Schotte: „Was für eine Frage! Dass man auch zu Fuß von Dover nach Calais gehen kann!"

Ein Texaner zeigt Bekannten seine Ranch und erwähnt dabei, dass er 3000 Stück Vieh hätte.
Sagt ein Besucher: „Das ist doch gar nichts Besonderes in Texas. Hier hat doch fast jeder 3000 Stück Vieh!"
Fragt der Texaner eisig: „In der Tiefkühltruhe?"

Ein Engländer kommt nach Bayern und trifft einen Bauern.
„Hallo, Mister!", begrüßt ihn der Ausländer höflich.
Sagt der Bauer: „Nein, ich bin nicht der Mister! Ich bin der Melker!"

Ein Ausflugsdampfer ist auf dem Nil gekentert. Die Passagiere schwimmen ans Ufer. Die dort versammelten Krokodile werfen sich eilig ins Wasser und schwimmen den Schiffbrüchigen hungrig entgegen.
Meint einer der Schwimmer zu seinem Nebenmann: „Typisch Entwicklungsland! Nichts zu essen, aber Rettungsboote von Lacoste!“

McIntosh reitet verkehrt herum auf seinem Pferd.
Fragt McCallum: „Spinnst du? Warum sitzt du denn verkehrt herum auf dem Gaul?“
McIntosh: „Würdest du auch machen, wenn er einen Shilling verschluckt hätte!“

Am Heiligen Abend schleicht sich ein Schotte in den Garten, feuert einen Schuss in die Luft und kommt mit betrübter Miene zu seinen Kindern in die Stube zurück. „Ich muss euch eine traurige Mitteilung machen! Soeben hat der Weihnachtsmann Selbstmord begangen!“

Ein Weltreisender erzählt: „ ... und der Löwe sprang auf mich zu, und ich konnte mich in letzter Sekunde gerade noch auf einen Baum retten!“
„Aber in der Wüste gibt es doch gar keine Bäume?“
„Das war mir in diesem Moment ganz egal!“

Unweit von Loch Ness klingelt ein Bettler an einer Haustür und jammert: „Ich habe seit Tagen nichts gegessen!“ Meint die Hausfrau: „Das ist aber gar nicht gut! Sie müssen sich einfach dazu zwingen!“

Ein Schotte zum Taxifahrer:
„Was kostet es zum Hauptbahnhof?"
„Ein Pfund, mein Herr!"
„Und das Gepäck?"
„Das ist frei!"
„Gut! Dann fahren Sie schon mal
mit meinen drei Koffern los! Ich komme
zu Fuß nach!"

Bei den Kannibalen gibt es heute Missionar. Die Hausfrau macht den Deckel auf, schaut in den Topf, ergreift eine Gabel und sticht dem Missionar in den Arm.
Das macht sie so lange, bis der Häuptling ärgerlich wird:
„Lass ihn doch! Musst du ihn denn so quälen?"
Keift die Frau: „Was heißt hier quälen! Sonst frisst uns der Kerl noch den ganzen Reis auf!"

Ein Greenhorn besucht in Texas einen Saloon.
„Netter Laden!", meint er. „Aber warum habt ihr den Boden so dick mit Sägespänen bestreut?"
Antwort: „Quatsch Sägespäne! Das sind die Möbel von gestern!"

Ein Mann kommt in die Bar, stellt sich an die Theke, trinkt den ersten Whisky, den zweiten, den dritten … Dann schaut er um sich und sieht auf dem Boden ein Männlein stehen, knapp 25 Zentimeter hoch, in der Uniform eines britischen Kolonialoffiziers, mit vielen Orden auf der winzigen Brust.

Der Barkeeper sieht den erstaunten Blick seines Gastes, packt das Männlein am Kragen und stellt es auf die Theke. „Bitte, Colonel", sagt er zu dem Männlein, „erzählen Sie diesem Herrn doch noch mal die Geschichte, wie Sie im Kongo zu dem Medizinmann ‚du alter Saubeutel' gesagt haben!"

Ein Bayer sitzt mit einem Berliner im Hofbräuhaus zusammen. Der Berliner möchte ein Gespräch in Gang bringen, doch der Bayer lässt sich nicht darauf ein und guckt stur zur Seite. Da kommt einer mit der Sammelbüchse an den Tisch. Der Berliner spendet fünf Euro.
Als der mit der Sammelbüchse auch an den Bayern herantritt, knurrt der: „Nun geh schon weiter, wir zwei gehören zusammen!"

Der Bauer hat seinem Nachbarn ein Schwein verkauft. Bald merkt er, dass die Sau ein lahmes Bein hat und beschwert sich entrüstet: „Du hast mir eine lahmende Sau angedreht!" Sagt der Verkäufer: „Ich wusste ja nicht, dass du sie zum Reiten wolltest!"

Ein Geizhals bekommt Besuch aus der Stadt. Nach einiger Zeit muss der Gast aufs Klo, das sich im Stall befindet. Der Geizhals aufgeregt: „Seien Sie bitte leise, und knipsen Sie im Stall das Licht nicht an! Sonst wacht die Ziege auf und fängt wieder an zu fressen!"

„Endlich habe ich von meinem Brieffreund aus Schottland ein Foto bekommen!“
„Na, und wie sieht er aus?“
„Weiß ich nicht, der Film ist noch nicht entwickelt!“

Ein schottischer Bauernjunge kommt aufgeregt zu seinem Vater gerannt: „Du, dem Nachbarn seine Kühe sind auf unserer Weide und fressen sie kahl!“
Sagt der Schotte: „Nicht schimpfen, Junge! Melken! Melken!“

Zu Mittag gibt es Erbsen.
Sagt Herr Deppel zu seiner Frau: „Es ist schrecklich mit den Erbsen! Dauernd kullern sie einem vom Messer!“
„Erbsen“, sagt Frau Deppel, „Erbsen isst man am besten, indem man sie vorher klein schneidet und dann breit quetscht!“

Der Vater will mit seinem kurzsichtigen Sohn ein Denkmal besichtigen. In der Familie ist man sehr sparsam. Deshalb mahnt die Mutter eindringlich: „Und denk dran, Hubert, dem Jungen sofort die Brille abzunehmen, wenn es nichts Besonderes zu sehen gibt!“

In Berlin.
Bolle fragt seine Frau: „Hat mia der Knirschke bejrüßt?“
Verbessert Frau Bolle: „Mich!“
„Ach, dia?“
„Nee, dich!“
„Also doch mia!“

Zwei Schwaben unterhalten sich über die Häuser, die in ihrem Stadtviertel neu gebaut worden sind. Schimpft der eine: „Das sind Zeiten heutzutage! Die Schlafzimmer sind so klein, dass die Nachttöpfe den Henkel nach innen haben müssen!“

Die Kuh eines ostfriesischen Bauern ist krank.
Sagt er zum Knecht:
„Guck der Liese mal ins Maul rein!"
Der Bauer selbst sieht hinten unter dem Schwanz durch und fragt nach einer Weile:
„Na, kannst du mich sehen?"
Sagt der Knecht:
„Kein bisschen!"
Murmelt der Bauer:
„Klarer Fall von Darmverschlingung!"

Ein Förster aus dem Bayerischen Wald erzählt im Wirtshaus einen Witz nach dem anderen. Alles biegt sich vor Vergnügen. Nur der alte Holzfäller, der den Förster nicht leiden kann, sitzt stumm und sauertöpfisch mit in der Runde und lacht kein einziges Mal.
Als der Wirt ihn fragt, warum er so muffig dabeihockt, knurrt der Alte: „Ich kann den Kerl nicht leiden! Ich lach erst, wenn er weg ist!"

Fragt ein Ausländer die Dame: „Sind Sie geheiratet?"
Dame: „Sie meinen, verheiratet! Nein, ich bin nicht verheiratet!"
„Aha. Dann sind Sie also verschieden?"

Zwei Weltreisende, die Afrika durchqueren, haben sich verirrt und sind Kannibalen in die Arme gelaufen. Zitternd stehen sie vor dem Häuptling. Doch der sagt: „Wir sind ein zivilisierter Stamm, der seit Jahren Entwicklungshilfe bekommt! Deshalb müssen Sie nicht glauben, dass Sie in den Kochtopf wandern!“ Erleichtert atmen die beiden Reisenden auf. Da fügt der Häuptling hinzu: „Wir besitzen selbstverständlich einen Mikrowellengrill!“

Zwei alte Schulfreunde, die sich nie leiden konnten, haben sich Ewigkeiten nicht mehr gesehen. Nach Jahren treffen sie sich zufällig auf einem Bahnhof wieder. Der eine ist inzwischen Admiral geworden und trägt eine prachtvolle Uniform. Der andere hat es zum Bischof gebracht, der ein umfangreiches Bäuchlein vor sich herschiebt. Geht der Bischof auf den Admiral zu und fragt: „Sagen Sie doch bitte, Herr Stationsvorsteher, wann geht der nächste Zug nach Hamburg?“ Sagt der Admiral: „Aber, gnä’ Frau, kurz bevor das Baby kommt, sollten Sie doch wirklich nicht mehr verreisen!“

Ein Bayer sieht zum ersten Mal einen Fahrstuhl. Zuerst kommt eine alte Oma, drückt auf den Knopf, der Lift hält, die Tür öffnet sich und sie wackelt hinein. Kurze Zeit später kommt der Lift wieder heruntergesaust, die Tür öffnet sich und ein entzückendes junges Mädchen steigt aus.
Der Bauer denkt nach, dann brummt er: „Sakra, sakra! Da muss meine Alte auch mal hinein!“

Fragt der Urlauber den Dorfwirt: „Sind Sie nicht mit dem Toni vom Unterhof verwandt?“
„Doch. Aber sehr weitläufig!“
„Aber der Toni soll doch Ihr Bruder sein?“
„Ist er auch! Aber ich war das erste Kind und er das fünfzehnte!“

Ein Afrikareisender erzählt die tragische Geschichte seines besten Freundes, der Kannibalen in die Hände gefallen ist. Er wird gefragt: „Konnten Sie denn gar nichts mehr für den Ärmsten tun?“
„Leider nein! Als ich dazukam, war er bereits von der Speisekarte gestrichen!“

Ein Tourist steckt im Kannibalenkochtopf. Bevor das Feuer angemacht wird, kommt ein hübsches, junges Kannibalenfräulein und zückt Bleistift und Notizblock. Dann fragt die junge Dame: „Und wie ist Ihr Name, bitte?“

Der Tourist schöpft neue Hoffnung und sagt erleichtert: „Mein Name ist Hubert Maier! Warum fragen Sie? Sind Suchtrupps nach mir unterwegs?“

Darauf die Kannibalendame: „Nein, aber ich muss die Menükarte schreiben!“

Der Nächste, bitte!

Der junge Assistenzarzt prallt auf dem Krankenhausflur mit dem berühmten Chefarzt zusammen und stammelt entschuldigend: „Mein Gott – verzeihen Sie bitte!"
„Schon gut", nickt der Chefarzt wohlwollend, „und außerdem genügt mir als Anrede ‚Herr Professor'!"

Zwei Patienten tauschen im Wartezimmer ihre Erfahrungen über Ärzte aus.
Sagt einer: „Ich finde, die Ärzte sollten ihre Rezepte wirklich etwas lesbarer ausfüllen!"
Sagt der andere: „Finde ich nun gar nicht! Ich habe mal ein Rezept bekommen, mit dem ich ein Jahr lang kostenlos ins Museum gegangen bin, ein Jahr lang umsonst mit der Bahn fahren konnte, und jetzt kriege ich auch noch meine Rente drauf!"

„Herr Doktor! Helfen Sie mir! Ich bilde mir ein, ein Biskuit zu sein!“
„So ein kleiner viereckiger?“
„Genau!“
„Mit Löchern drin?“
„Ja!“
„Regen Sie sich nicht auf! Dann sind Sie gar kein Biskuit, sonden ein ganz ordinärer Zwieback!“

„Dass Sie über mein Bein gefahren sind, kostet Sie mindestens 20 000 Euro, Sie!“
„20 000? Glauben Sie, ich bin Millionär?“
„Glauben Sie vielleicht, ich bin ein Tausendfüßer?“

Teuerkauf liegt auf dem Operationstisch.
Der Chefarzt zur Oberschwester: „Schwester, bereiten Sie bitte die Instrumente vor!“
Springt Teuerkauf auf: „Sind Sie bekloppt? Ich liege hier auf den Tod, und Sie wollen Musik machen!“

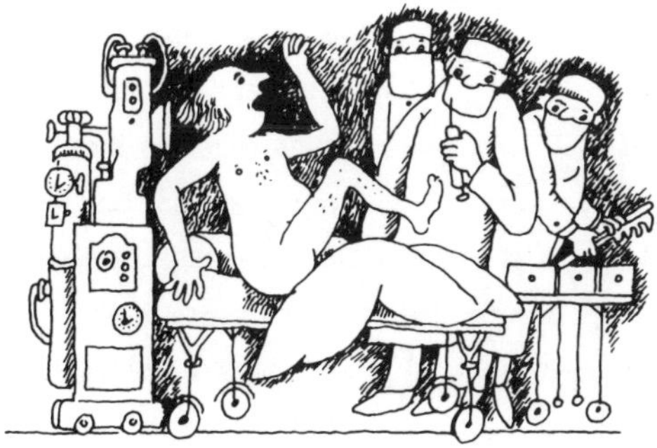

Knallmeier kommt zum Psychiater: „Meine Frau schickt mich, weil ich so gerne Pfannkuchen esse!"
„Aber, mein Bester! Das ist doch ganz normal!", beschwichtigt ihn der Psychiater. „Ich esse auch gern Pfannkuchen."
Freut sich Knallmeier: „Oh, fein! Wollen wir tauschen? Ich habe schon drei Schränke voll!"

Der Arzt zum neuen Patienten: „Sie sind doch bestimmt Kettenraucher, wie?"
„I bewahre, Herr Doktor! Ich rauche nur Zigaretten!"

Das teure Auto von Herrn Liebsam wird von einer Lok angefahren. Kaum ist er aus dem Krankenhaus entlassen, rennt er zum nächsten Spielzeugladen und macht dort alle Eisenbahnen kaputt. „Was soll denn das? Was machen Sie denn da?", entsetzt sich der Verkäufer. Liebsam: „Glauben Sie mir! Man muss gegen die Biester vorgehen, solange sie noch klein sind!"

„Was hat der Psychiater dem Elefanten für die Behandlung abgenommen?“
„100 Euro für die Behandlung und 1000 Euro für die Couch!“

Vater und Mutter Müller-Schmidt bringen ihren Sohn zum Nervenarzt: „Herr Doktor! Unser Sohn bildet sich ein, er wäre eine Parkuhr!“
„Interessant! Und warum sagt mir der Patient das nicht selber?“
„Ach, er kann doch nicht! Er hat den Mund schon wieder voll Parkmünzen!“

Frau Mümmel geht zum Arzt.
Der rät: „Sie müssen unbedingt abnehmen! Sie dürfen auf keinen Fall mehr als 1000 Kalorien täglich zu sich nehmen!“
Frau Mümmel: „Vor oder nach den Mahlzeiten?“

Händeringend kommt eine Frau zum Nervenarzt: „Helfen Sie mir! Mein Mann bildet sich ein, ein Pferd zu sein! Er will nur Hafer essen und wiehert den ganzen Tag!“
„Scheint ein schwerer Fall zu sein“, sagt der Arzt, „die Behandlung kann teuer werden!“
Sagt die Frau: „Ach, mein Gott, Geld spielt in diesem Fall keine Rolle! Schließlich gewinnt mein Mann jedes Rennen!“

Niedergeschlagen besucht Meier seinen Hausarzt.
„Herr Doktor, Sie haben mir doch dieses Stärkungsmittel verschrieben?“
„Ja, was ist damit?“
„Ich krieg die Flasche nicht auf!“

Frau Kunze ist verzweifelt: „Mein Mann bildet sich ein, eine Stehlampe zu sein! Was soll ich machen?“
Der Psychiater: „Treten Sie Ihrem Gatten mal kräftig auf den Fuß, dann kommt er sicher wieder zur Besinnung!“
„Aber hören Sie mal! Dann sitze ich ja völlig im Dunkeln!“

Besorgt sagt der Arzt zu Herrn Riebesehl: „Es steht ziemlich schlecht um Sie … Sie haben Wasser in den Beinen, Kalk in den Adern und Steine in den Nieren!“
Freut sich Riebesehl: „Wenn Sie mir noch sagen, dass ich Sand im Kopf habe, fange ich sofort an zu bauen!“

Der Zahnarzt ist von den Socken: „Du liebe Güte! In meinem ganzen Leben habe ich noch nie ein so großes Loch gesehen … Loch gesehen …“
Patient: „Schon gut! Aber das brauchen Sie doch nicht zweimal zu sagen!“
Zahnarzt: „Zweimal? Das war nur das Echo!“

Ein Penner hat eine Blinddarmentzündung. Im Krankenhaus wird er zuerst mal in die Badewanne gesteckt und tüchtig abgeschrubbt. Fix und fertig liegt er anschließend in seinem Bett und brummt: „Unangenehme Sache! Aber im Grunde hatte ich mir eine Operation doch erheblich schlimmer vorgestellt!“

Fragt der Hausarzt: „Nun, Herr Haberkorn, hat denn meine Medizin, die ich verordnet habe, geholfen?“
Strahlt Haberkorn: „Und wie! Mein Husten ist zwar nicht weggegangen, aber Oma ist ihr Hühnerauge endlich losgeworden, mein Sohn betreibt damit sein Spielzeug-U-Boot, und meine Frau meint, sie hätte nie einen besseren Backofenreiniger gehabt!“

Frankensteins Monster sucht den Schönheitschirurgen auf: „Würden Sie meine kleinen Schönheitsfehler beseitigen?“
Der Chirurg: „Tut mir leid! Aber Enthauptungen werden bei uns nicht durchgeführt!“

Arzt: „Es würde Ihnen gut tun, wenn Sie täglich eine halbe Stunde spazieren gehen würden!“
Patient: „Vor oder nach der Arbeit?“
„Wieso, was sind Sie denn von Beruf?“
Antwort: „Briefträger!“

Chirurg zum Patienten: „Bleiben Sie ganz entspannt! Regen Sie sich nicht auf! Liegen Sie ganz ruhig!“
„Entschuldigung! Aber es ist meine erste Operation …!“
„Macht nichts, macht nichts! Meine auch!“

„Herr Doktor! Sie haben doch gesagt, ich soll mit den Hühnern schlafen gehen!“
„Ja, das war meine Empfehlung!“
„Gut! Aber ich habe da ein kleines Problem: Ich falle immer von der Stange!“

„Mein Lieber, so geht das aber nicht“, tadelt der Chefarzt den jungen Assistenten, „beim Ausfüllen des Totenscheins müssen Sie schon etwas mehr Sorgfalt walten lassen! Jetzt haben Sie schon wieder in die Spalte mit der Frage nach der Todesursache Ihren Namen eingetragen!“

Ein Mann fragt seine Frau, die gerade vom Arzt kommt:
„Was hat er gesagt?“
„30 Euro!«
„Nein, ich meine, was hast du gehabt?“
„20 Euro!“
„Nein! Was dir gefehlt hat, will ich wissen!“
„Zehn Euro!“

Ein Mann klagt beim Arzt über Gedächtnisschwund.
„Seit wann haben Sie das schon?“, fragt der Arzt.
„Seit wann habe ich was?“

Ein Skelett kommt zum Zahnarzt.
Der schüttelt bekümmert den Kopf: „Ihre Zähne sind ja soweit in Ordnung! Aber das Zahnfleisch, das Zahnfleisch!“

„Mein Arzt hat gesagt, ich soll nach einem heißen Bad noch etwas Zitronensaft zu mir nehmen!“
„Und? Tust du das?“
„Nein. Ich bin noch nicht mit dem Badewasser fertig!“

Ein Mann wird mit einem Dolch im Rücken ins Krankenhaus eingeliefert.
Meint ein Sanitäter: „Sieht ja schlimm aus! Tut es sehr weh?"
Sagt der Mann bissig: „Keineswegs! Nur wenn ich lache!"

Der unzufriedene Arzt zu seinem Patienten:
„Sie sehen heute schlechter aus als vor einer Woche! Sie sollten doch höchstens fünf Zigaretten am Tag rauchen!"
„Habe ich ja auch getan! Nur, wissen Sie, früher habe ich überhaupt nicht geraucht!"

Meint der Zahnarzt zu einem Patienten: „So weit brauchen Sie den Mund aber nicht aufzureißen!"
„Aber ich denke, Sie brauchen jede Menge Platz für Ihre Instrumente?"
„Schon, schon! Aber ich persönlich bleibe ja draußen!"

Oma hat sich ein Bein gebrochen und bekommt einen Gips.

„Mit dem Gips dürfen Sie auf keinen Fall Treppen steigen!“, warnt der Arzt.
Nach einigen Wochen ruft Oma beim Arzt an und fragt: „Nun, wann darf ich denn wieder Treppen benutzen? Auf meine alten Tage wird es mir langsam doch ein bisschen zu anstrengend, dauernd die Regenrinne rauf- und runterzuklettern!“

„Wieso dreht der Meier denn seine Zigaretten selbst?“
„Der Arzt hat ihm Bewegung verordnet!“

„Sagen Sie, haben Sie sich das Rauchen gerade abgewöhnt?“
„Ja! Wie kommen Sie darauf?“
„Weil Sie immer Ihre Kekse im Aschenbecher ausdrücken!“

Völlig aus dem Häuschen stürzt der dankbare Patient auf den Chefarzt zu: „Ich danke Ihnen! Ich danke Ihnen! Sie haben mir das Leben gerettet!"
Arzt bedauernd: „Tut mir leid, mein Bester! Aber ohne Röntgenbilder kann ich beim besten Willen nicht auf Ihren Namen kommen!"

„Meister! Kann ich heute Nachmittag freihaben? Ich muss dringend zum Doktor!"
„Geht in Ordnung, aber danach erscheinst du wieder in der Werkstatt, verstanden?"
Doch der Lehrling kommt und kommt nicht wieder. Erst am nächsten Morgen taucht er endlich auf.
Meister: „Ja, sag mal, bei welchem Doktor warst du denn, dass du nicht zurückgekommen bist?"
„Na, beim Doktor Schiwago!"

Der alte Ludwig Hintermoser wird mit Tollwutverdacht zum Arzt gebracht. Während der die Spritze vorbereitet, macht sich Ludwig fleißig Notizen auf einem Zettel.
Tröstet der Doktor: „So schlimm ist es auch wieder nicht, dass Sie gleich Ihr Testament machen müssen!"
Sagt Ludwig: „Ich mach kein Testament! Ich schreib mir nur auf, wen ich ganz schnell noch beißen möchte!"

„Mit dieser Medizin können Sie die ganze Nacht durchschlafen!", erklärt der Arzt dem Patienten.
„Und wie oft muss ich sie einnehmen?"
„Alle zwei Stunden!"

Bollermeier klagt beim Arzt über fürchterliche Bauchschmerzen.
Der Arzt röntgt und erklärt: „Kuriose Sache! In Ihrem Magen liegt eine Armbanduhr!“
Bollermeier: „Ja, ich weiß! Die habe ich verschluckt, als ich zwölf Jahre alt war!“
„Und Sie hatten nie Beschwerden?“
„Doch, doch! Meistens beim Aufziehen!“

Der Professor erklärt dem Patienten vor der Operation, dass er sich nach dem Eingriff möglichst bald wieder bewegen müsse, damit keine Komplikationen eintreten: „Wenn Sie aus der Narkose aufwachen, setzen Sie sich langsam auf. Dann drehen Sie sich zum Bettrand und schlenkern mit den Beinen. Zwei Stunden später führt Sie die Schwester im Zimmer herum. Und morgen Früh machen Sie einen Spaziergang durch den Park!“
„Aber, Herr Professor, während der Operation darf ich mich schon ein bisschen hinlegen, oder?“

Fragt der Student den Professor: „Wann darf ich Sie einmal aufsuchen?“
„Wann immer Sie wollen! Aber seien Sie pünktlich!“

„Es ist grauenhaft, Herr Professor! Ich höre ständig fremde Stimmen!“
„Bei welcher Gelegenheit?“
„In der Regel am Telefon!“

Im Wartezimmer des Hals-Nasen-Ohren-Arztes sitzt eine alte Dame und strickt.
Die Sprechstundenhilfe entdeckt sie und sagt: „Heute ist erst ab 16 Uhr Sprechstunde!“ Die alte Dame lächelt freundlich und strickt weiter.
Die Sprechstundenhilfe, erheblich lauter: „Wir haben heute erst ab 16 Uhr Sprechstunde!“
Die alte Dame reagiert nicht. Da schreibt die Sprechstundenhilfe auf einen Zettel: „Heute erst ab 16 Uhr geöffnet!“ Den hält sie der alten Dame hin.
Die macht ihre Handtasche auf, buddelt eine Weile darin herum, schüttelt den Kopf und sagt dann: „Ich habe heute leider meine Brille vergessen! Sind Sie so freundlich und lesen Sie’s mir doch vor!“

Sagt der Professor zu einer neuen Patientin: „Nehmen Sie sich doch bitte einen Stuhl, gute Frau!“
Meckert die Patientin: „Ich bin nicht Ihre ‚gute Frau‘! Ich bin die Gräfin Isabella von und zu Protzenburg!“
„Nur keine Aufregung! Dann nehmen Sie sich eben zwei Stühle, gute Frau!“

Frau Raffke hat sich beim Schönheitschirurgen liften lassen.
Doch bei der Nachuntersuchung jammert sie: „Herr Professor! Ich glaube, Sie haben mir die Gesichtshaut doch ein bisschen zu straff gespannt!“

„Nun, wie kommen Sie auf diese Idee?“
„Also, jedes Mal, wenn ich die Augenbrauen runzeln will, hab ich so ein Ziehen im großen Zeh!“

Im Krankenhaus bittet eine Patientin während der Visite den Professor: „Könnten Sie mir mal bitte kurz Ihren Bleistift leihen?"
„Ja, gern! Bitte schön!"
„Aber Herr Professor! Das ist ja ein Fieberthermometer!"
„Hm, hm! Wo mag ich denn da bloß den Bleistift stecken gelassen haben?"

Kommt ein Mann in die Arztpraxis und sieht ein Skelett in der Ecke stehen.
Sagt er zum Doktor: „Sieh an, sieh an! Das ist wohl Ihr Ersatzteillager?"

Ein Mann kommt zum Psychiater und berichtet: „Nachts habe ich immer den gleichen Traum. Jedes Mal stehe ich vor einer verschlossenen Tür und ziehe und ziehe! Aber ich bekomme sie nie auf, und dann ist da noch ein Schild!"
„Nun, und was steht auf dem Schild?"
„Bitte drücken!"

„Herr Professor, bitte helfen Sie mir! Ich habe das Gefühl, dass alle Menschen durch mich hindurchsehen!"
Professor: „Der Nächste, bitte!"

Chirurg: „Um Ihr Leben zu retten, müssen wir Ihnen leider ein Bein amputieren!"
Patient: „Da bin ich aber froh! Ich habe schon befürchtet, dass Sie mir verbieten, abends meinen Schoppen zu trinken!"

Die alte Tante Frieda leidet unter ihren eingebildeten Krankheiten, und die ganze Familie leidet mit, denn Tante Frieda beliebt, mindestens zweimal pro Jahr das Zeitliche segnen zu wollen.
Jedes Mal muss die gesamte Familie antanzen, um an ihrem Sterbebett gebührend Abschied zu nehmen. Als es wieder mal so weit ist, kommt vom Neffen ein Telegramm: „Bin auch gerade am Sterben – stopp – sehen uns dann drüben!"

Herr Riebesam liegt auf dem Operationstisch und ist sehr nervös. Der Professor beruhigt ihn: „Sie bekommen jetzt eine kleine Narkose, die Operation ist schnell vorbei, anschließend werden Sie sich wie neugeboren fühlen. Also, keine Sorge!“ Als Riebesam aus der Narkose aufwacht, fällt sein erster Blick auf den Professor.
Erstaunt ruft er: „Aber, Herr Professor, wie ist es möglich, dass Ihnen während dieses kurzen Eingriffs ein Vollbart gewachsen ist?“
Da bekommt er die Antwort:
„Was heißt hier Professor!
Ich bin Petrus!“

Arzt: „Ihr Puls schlägt regelmäßig! Allerdings ist Ihre Zunge etwas belegt! Haben Sie denn Appetit?“
Patient: „Zuweilen ja, zuweilen nein!“
„Wann denn zum Beispiel nicht?“
„Kurz nachdem ich gegessen habe!“

Zum Schönheitschirurgen kommt eine Frau mit einer hässlichen, spitzen und langen Nase.
Sie fragt: „Was würde eine Verschönerung meiner Nase wohl kosten, Herr Doktor?"
„3000 Euro, gnä' Frau!"
„Um Himmels willen! Geht es nicht billiger?"
„Schon, schon! Rennen Sie am besten in vollem Karacho gegen eine Wand!"

Ein junger Mann hat fürchterliches Zahnweh. Endlich entschließt er sich, trotz seiner Angst den Zahnarzt aufzusuchen.
Als der vor ihm steht, fängt er an zu wimmern: „Kommen Sie mir nicht zu nahe, Herr Doktor, ich sterbe vor Angst!"
Der Arzt bietet ihm einen Cognac an: „Trinken Sie den mal, dann wird Ihre Angst vergehen!" Doch der Angsthase braucht noch ein zweites Gläschen und danach ein drittes.
„So", meint der Arzt am Ende, „jetzt haben Sie bestimmt keine Angst mehr!"
Sagt der Patient: „Stimmt genau, wer mir jetzt zu nahe kommt, kriegt eine rein!"

Der Patient ist bleich und total erschöpft.
„Ich bekomme nachts kein Auge zu, Herr Doktor!“
„Dann müssen wir versuchen, den Grund Ihrer Schlaflosigkeit zu beseitigen!“
„Das wird aber nicht leicht sein“, sagt der Patient, „wenn Sie wüssten, wie meine Frau an dem Baby hängt!“

Zum Nervenarzt kommt ein Mann, der einen ganz besonderen Tick hat: Er klatscht ununterbrochen in die Hände.
Will der Arzt wissen: „Warum tun Sie das?“
Patient: „Ich verscheuche Nilpferde!“
Arzt: „Aber ich sehe keine!“
Patient: „Sehen Sie! Weil ich sie verscheucht habe!“

Ein Bauer kornmt ins Krankenhaus, zum ersten Mal in seinem Leben.

Die Krankenschwester steckt ihm das Fieberthermometer unter den Arm und gibt ihm zwei Pillen.
Einige Zeit später kommt der Arzt und will wissen: „Nun, und wie fühlen Sie sich?"
Sagt der Bauer: „Auf die zwei Kügelchen spüre ich keine Besserung, aber das Glasröhrchen unter dem Arm hat mir ganz gut getan!"

Im Hörsaal stellt der Professor eine Patientin vor, an deren Beispiel die Medizinstudenten die Anzeichen für eine besonders schwere Art der Grippe kennen lernen sollen.
Der Professor erläutert:
„Beachten Sie die geschwollene, rot gefärbte Nase! Die Triefaugen! Die aufgedunsene Gesichtshaut!"
Unterbricht die Patientin wütend:
„Eine Schönheit sind Sie auch nicht gerade, Professor!"

Kommt einer zum Doktor: „Nun, was fehlt Ihnen denn?“
„Teils, teils, Herr Doktor!“
„Was soll das bedeuten, teils, teils?“
„Nun, teils kann ich nicht schlafen, teils kann ich nicht aufs Klo!“
Der Arzt stellt ein Rezept aus. Der Patient kommt nach einiger Zeit wieder in die Praxis.
Der Arzt fragt: „Und wie geht es Ihnen inzwischen? Ist eine Besserung Ihres Befindens eingetreten?“
„Immer noch teils, teils, Herr Doktor!“
„Was hat denn das nun wieder zu bedeuten?“
„Tja, teils schlafe ich auf dem Klo, teils mache ich beim Schlafen ins Bett!“

Herr Müller liegt im Krankenhaus. Ein Mann im weißen Kittel betritt sein Zimmer: „Sind Sie Herr Müller?“
„Ja!“
„Wie groß sind Sie?“
„1,84.“
„Und wie schwer?“
„78 Kilo! Aber diese Daten stehen doch schon alle in meinem Krankenblatt, Herr Doktor!“
„Was heißt Doktor! Ich bin der Schreiner!“

Der dankbare Patient an seinen Oberarzt: „Mein Leben lang war ich taub, doch dank Ihrer wunderbaren Spezial-Ohrensalbe habe ich endlich von meinem Bruder aus USA gehört …!“

Ein Mann klagt beim Arzt über unerträgliche Kopfschmerzen.
Der Arzt fragt, was er fragen muss: „Rauchen Sie?"
„Nein!"
„Trinken Sie?"
„Nein!"
„Schlagen Sie sich die Nächte um die Ohren?"
„Nein!"
„Hauen Sie mal über die Stränge?"
„Nie!"
„Dann gehen Sie besser zum Klempner und lassen sich Ihren zu eng gewordenen Heiligenschein weiter machen!"

Der Psychiater rät seinem übernervösen Patienten, sich mithilfe leichter handwerklicher Tätigkeiten zu entspannen.
Nach Wochen kommt der Mann wieder, diesmal ist er nervöser und fahriger als zuvor.
Der Arzt fragt ihn: „Wie sieht denn Ihre Tätigkeit aus?"
„Ich sortiere Nägel! Dicke, mittelstarke, dünne!"
„Das müsste doch eigentlich sehr beruhigend wirken!"
„Beruhigend? Ich bitte Sie, ständig diese Entscheidungen!"

Spaßvögel unter sich

Im Uhrengeschäft verlangt Frau Bullermann: „Reparieren Sie bitte diese Kuckucksuhr!“

Will der Verkäufer wissen: „Kommt der Kuckuck nicht mehr zum Vorschein?“

Frau Bullermann: „Doch, schon! Alle zehn Minuten fragt er nach der Uhrzeit!“

„Mein Mann hat von früh bis spät nur sein Auto im Kopf!“

„Seien Sie doch froh! Da sparen Sie die Miete für die Garage!“

Ein Skelett probiert in der Boutique verschiedene Hosen an.
Am Ende fragt die Verkäuferin: „Darf es vielleicht auch eine Hose aus Seide sein?“
Sagt das Skelett: „Auf gar keinen Fall! Ich will nur Jeans! Die halten fürs ganze Leben!“

Zwei Verrückte brechen aus der Irrenanstalt aus.

Unterwegs finden sie ein altes Lenkrad. Glückstrahlend laufen sie zur nächsten Tankstelle und wollen Benzin. Sagt der Tankwart kopfschüttelnd: „Also, bei euch ist wohl eine Schraube locker!“ Sagt der eine Irre: „Siehst du, kaum hat man einen neuen Wagen, schon geht es mit den Reparaturen los!“

„Hubert, du liegst verkehrt herum im Bett!"
„Gott sei Dank! Dann tun mir ja nur die Füße weh! Und ich dachte schon, ich hätte Kopfschmerzen!"

Zwei Männer irren durch die Wüste. Einer schleppt eine Autotür mit sich herum.
Sagt der eine: „Bei dieser Gluthitze schleppst du eine Autotür mit dir herum? Bei dir piept es wohl!"
Der andere daraufhin: „Du hast ja keine Ahnung! Was glaubst du, wie angenehm es ist, wenn man ab und zu das Fenster runterkurbeln kann!"

Ein Mann geht über den Friedhof und liest auf einem Grabstein die Inschrift: „Hier ruht Karl Schulze, ein guter Vater und ein frommer Mann."
Sagt der Mann kopfschüttelnd: „Wie die Schotten! Drei in einem Grab!"

Der Verurteilte wird zur Hinrichtungsstätte geführt.
Der Pfarrer fragt: „Mein Sohn, haben Sie noch einen letzten Wunsch?"
„Ja, Hochwürden, ich möchte gern das Abitur nachmachen!"

In der Drogerie verlangt ein Kunde eine Tüte Mottenpulver.
Eine andere Kundin flüstert ihrer Nachbarin zu: „Unmöglich! Bei uns müssen die Motten fressen, was sie finden, Extrafutter gibt's nicht!"

Meier macht eine Probefahrt mit einem Kleinwagen.
„Merkwürdig", sagt er zu dem neben ihm sitzenden Verkäufer, „die graue Mauer rechts will ja gar kein Ende nehmen!"
Sagt derVerkäufer: „Guter Mann! Das ist keine Mauer, das ist der Bordstein!"

„Wissen Sie zufällig, ob es in diesem Wald Waldmeister gibt?"
„Keine Ahnung! Ich kenne nur den Oberförster!"

Im Irrenhaus klingelt die Eieruhr. Willi, der verrückte Koch, hält den Löffel mit dem Kuchenteig ans Ohr und meckert: „Sie haben sich verwählt, wir haben hier kein Telefon!“

Paul weiß einen fantastischen Trick, wie man einen Fremden dazu bringen könne, unfreiwillig eine Limonade auszugeben. Er setzt sich also mit seinem Freund in eine Bar. An der Theke sitzt bereits ein Mann.
Paul fängt an zu erzählen: „Eines Abends war ich allein und unbewaffnet in der Wüste. Plötzlich taucht ein Löwe vor mir auf. Ich will weglaufen, aber da steht ein zweiter Löwe neben mir …“ Der Gast am Tresen lauscht aufmerksam.
„Und das ist noch nicht alles“, berichtet Paul weiter, „auch rechts und links von mir Löwen, nichts als Löwen! Ich hatte keine Chance zu entkommen, und um mich zu retten, nehme ich …“
„Was nehmen Sie?“, fragt der Mann gespannt.
„Ich“, sagt Paul, „nehme eine Limo und mein Kumpel auch!“

Meisenbrink morgens zu seinem Arbeitskollegen: „Heute Nacht habe ich geträumt, ich hätte einen riesigen Champignon verschluckt!“
„Na, und?“
„Als ich aufgewacht bin, war mein Kopfkissen weg!“

Aus dem Polizeibericht: „Festgenommen wurde der Betrüger Egon Raffke, weil er ein Mittel feilgeboten hat, das angeblich das ewige Leben sichert. Wegen des gleichen Delikts wurde der Verhaftete bereits 1416, 1698, 1804 und 1922 festgenommen!“

„Wann müssen Sie denn morgens aufstehen?“
„Wenn der erste Sonnenstrahl ins Zimmer fällt!“
„So früh schon?“
„Halb so wild! Mein Schlafzimmer liegt nach Westen!“

Herr Bömmel möchte eine neue Wohnung mieten.
Bei der Besichtigung beklagt er sich beim Hauswirt:
„Da knirscht doch etwas! Gibt es etwa Mäuse im Haus?"
Der Hauswirt: „I bewahre! Das ist bloß der Nachbar gegenüber, der isst gerade Knäckebrot!"

Treffen sich zwei alte Bekannte.
Fragt der eine: „Wo arbeitest du jetzt eigentlich?"
„In einer Fabrik!"
„Am Band?"
„Nein! Wir dürfen frei rumlaufen!"

„Mama, der Mann dort drüben isst seine Suppe mit der Gabel!"
„Sei still, mein Engelchen!"
„Jetzt trinkt er aus der Blumenvase!"
„Wirst du wohl still sein!"
„Und jetzt isst er seinen Bierdeckel auf!"
„Jetzt gib aber endlich Ruhe, und bring dem Onkel seine Brille zurück!"

„Jetzt habe ich aber die Nase voll", meckert Opa, als er nach einem ausgiebigen Kneipenbesuch in der Nacht die sechste Straßenlaterne gerammt hat, „ich setze mich jetzt einfach hin und warte ab, bis dieser dämliche Fackelzug vorbei ist!"

Herr Knauser geht zur Post.
Als er den Beamten gefunden hat, sagt er: „Bitte eine 90-Cent-Briefmarke! Aber machen Sie den Preis ab, soll'n Geschenk sein!"

„Endlich ist es mir gelungen, runde Bananen zu züchten!"
„Ist ja sensationell!"
„Schon! Die Dinger haben nur einen Nachteil – sie schmecken wie Orangen!"

Zwei Freunde treffen sich.
Sagt der eine: „Morgen fliege ich nach Peking! Ich will mir nämlich einen Pekinesen kaufen!"
Der andere wundert sich: „Dazu fliegst du extra nach Peking? So einen Hund kannst du doch in der Tierhandlung am Marktplatz kaufen!"
„Stimmt schon, aber da kriegt man ja nie einen Parkplatz!"

Blättert ein geistig Minderbemittelter im Telefonbuch herum: „Meier ... Meier ... Meier ... Wahnsinn, wie viele Anschlüsse der Kerl hat!"

Mitten in der Nacht bimmelt das Telefon. Als der Besitzer abhebt, sagt einer am anderen Ende der Leitung: „Ist dort eins-drei-zwo-null-fünf-eins?"
„Nein! Hier ist 13-20-51!"
„Dann habe ich mich verwählt! Entschuldigen Sie die Störung!
„Macht nichts, macht nichts! Ich musste sowieso aufstehen, weil mein Telefon geklingelt hat!"

In der Jugendherberge.

Karin zu ihrer Freundin Inge: „Deine Füße gucken ja unter der Bettdecke raus!"
Inge: „Weiß ich!"
Karin: „Sind sie denn nicht kalt?"
Inge: „Doch, und wie!"
Karin: „Warum ziehst du sie denn nicht rein?"
Inge: „Meinst du, ich will die kalten Dinger in meinem Bett haben?"

„Ich hätte gern zehn Brote."
„Aber da wird Ihnen doch die Hälfte hart!"
„Gut! Dann geben Sie mir 20!"

Der zerstreute Professor geht morgens ins Badezimmer, um sich zurechtzumachen. Statt des Handspiegels greift er zur Kleiderbürste und betrachtet sich darin.
„Mist!“, schimpft er. „Hab ich gestern Abend doch schon wieder vergessen, mich zu rasieren!“

Ein Irrer ist aus der Anstalt entsprungen. Tage später steigt er aus einem U-Bahn-Schacht.
„Wo hast du denn gesteckt?“, fragt der Wärter, als er den Verrückten wieder in Empfang genommen hat.
Sagt der: „Keine Ahnung, bei irgendjemandem im Keller! Aber dem seine Eisenbahn hättest du mal sehen sollen!“

Zwei Damenschirme stehen im Schirmständer. Ein Spazierstock wird dazugestellt.
Sagt der eine Schirm zum anderen: „Igitt, da ist ja ein nackter Mann hereingekommen!“

Georg läuft eifrig mit der Gießkanne herum.
Klaus fragt erstaunt:
„Was treibst du denn da?
Das sind doch alles künstliche Blumen!“
Georg: „Schon! Darum habe ich ja auch kein Wasser in der Gießkanne!“

Herr Dämlich beschwert sich bei seinem Telefonanbieter:
„Bei mir stimmt was nicht! Niemand ruft mich an!“
Der Mitarbeiter überprüft den Fall und sagt dann:
„Aber Sie haben doch gar kein Telefon!“
„Na und? Das weiß doch keiner!“

„Frechheit, mir die Langspielplatte so zerkratzt wieder zurückzugeben!“
„Ich hab doch nur die besten Stellen angekreuzt!“

Ein jugendlicher Autofahrer wird von der Polizei nach seinem Führerschein gefragt.
Der junge Mann erstaunt: „Den Führerschein?
Ich dachte, den gibt's erst ab 18?“

Die Baubehörde spricht mit Herrn Kroll: „Die neue Bahnlinie führt direkt durch Ihr Haus. Selbstverständlich bekommen Sie eine angemessene Entschädigung …"
„Moment mal, meine Herren", unterbricht sie der Hausbesitzer, „über Geld können wir später reden. Aber Sie glauben doch nicht im Ernst, dass ich jedes Mal die Tür aufmache, wenn ein Zug kommt?"

Eine Stecknadel und eine Nähnadel schwimmen um die Wette. Die Stecknadel gewinnt. Meint die Nähnadel: „Kein Wunder! Ich hatte ja auch Wasser im Ohr!"

„Egon! Welche Schuhgröße hast du eigentlich?"
„Viertel nach fünf!"
„Junge! Dann müssen wir ja aussteigen!"

Zwei Roboter gehen zum ersten Mal in die Großstadt und verlieren sich im Gedränge. Nach einer Weile trifft der eine seinen Freund wieder – der steht vor einer Telefonzelle und vor einem Feuermelder.
„Willst du mich deinen Freundinnen nicht vorstellen?", fragt er.
Darauf der andere sauer: „Ach, die Ziegen kannst du vergessen! Die dicke Gelbe sagt keinen Ton, und die kleine Rote fängt an, wie am Spieß zu schreien, wenn du sie nur antippst!"

Auf der Straße kriecht ein Mann am Boden pausenlos immer um eine Straßenlaterne herum.
„Suchen Sie was?", fragt ein Passant.
„Ja! Meinen Kragenknopf!"
„Und den haben Sie hier verloren?"
„Nein, hier nicht gerade. Aber hier ist das beste Licht!"

Kommt Meier vom Angeln zurück und sagt zu seiner Frau:
„Einen so großen Fang habe ich schon lange nicht mehr gemacht!"
Frau Meier: „Aber, das ist doch bloß ein alter Schuh!"
„Und wenn schon! Dafür aber Größe 49!"

Spielen zwei Mensch-ärgere-dich-nicht.
Sagt auf einmal der eine: „Schach!"
Antwortet der andere: „Du Idiot! Bei Halma gibt es doch keinen Elfmeter!"

Fragt ein Irrer den anderen: „Wartest du auf mich? Ich muss aufs Klo!"
„Ich muss auch! Geh doch gleich für mich mit!"
Kommt der erste zurück und empört sich:
„Du musstest ja gar nicht!"

In der Anstalt glaubt einer, Papst Leo der Dreizehnte zu sein. Kein Mensch kann ihn davon abbringen.
Ein berühmter Irrenarzt, der zu Besuch kommt, wird zu Rate gezogen.
Er sperrt sich also mit dem angeblichen Papst ins Behandlungszimmer ein, um den schwierigen Fall zu knacken.
Stunden vergehen. Endlich kommt der total erschöpfte Arzt wieder zum Vorschein.

Gespannt wird er gefragt: „Und? Hatten Sie Erfolg?"
„Freilich", meint der Arzt, „auf Papst Leo den Zwölften habe ich ihn schon herunter!"

Ein Irrer soll endlich geheilt entlassen werden. Doch der Oberpsychiater will ihn noch einmal testen.

Also fragt er: „Was passiert, wenn man Ihnen die Ohren abschneidet?"

Der Irre: „Dann kann ich nichts mehr sehen!"

Traurig schüttelt der Arzt den Kopf und behält den Irren weiter in der Anstalt.

Nach ein paar Monaten wieder die gleiche Prozedur: „Was passiert, wenn man Ihnen die Ohren abschneidet?"

Der Irre: „Dann kann ich nichts mehr sehen!"

Und wieder muss er in die Anstalt zurück.

Nach einem weiteren halben Jahr noch ein Versuch: „Was passiert, wenn man Ihnen die Ohren abschneidet?"

Der Irre: „Ich sag's nun zum letzten Mal: Dann kann ich nichts mehr sehen!"

Nun reißt auch dem Oberpsychiater der Geduldsfaden: „Ja, zum Donnerwetter, warum können Sie dann nichts mehr sehen?"

Der Irre: „Verdammt, weil mir dann der Hut ins Gesicht reinrutscht, Sie Idiot!"

Zwei Irre wollen ausbrechen.
Der eine schlägt vor: „Wir kriechen einfach durchs Schlüsselloch."
Meint der andere: „Gute Idee, du fängst an!"
Rennt der erste aufs Schlüsselloch los, springt und prallt dann zurück: „So ein Mist, geht nicht, der Schlüssel steckt!"

Zwei Betrunkene haben den letzten Bus verpasst und torkeln auf dem Bahngleis nach Hause.
Nach einiger Zeit bleibt einer stehen und stöhnt: „Ich kann nicht mehr! Die Treppen! Die Treppen!"
Sagt der andere ächzend: „Die Treppen machen mir nichts aus, aber das niedrige Geländer!"

Nachts um zwei Uhr läutet es an der Pforte der Irrenanstalt Sturm.
Schimpft der Pförtner: „Sind Sie verrückt, mitten in der Nacht so einen Lärm zu machen?"
Ruft der Draußenstehende: „Logisch! Deshalb komme ich ja!"

Zwei Betrunkene gehen bei Vollmond nach Hause.
Sagt der eine: „Eine schöne Laterne da oben, nicht?"
Antwortet der zweite: „Ich glaub eher, das ist der Mond!"
„Lass uns", schlägt da der erste vor, „lass uns doch mal nachschauen, ob ein Pfahl dran ist oder nicht!"

Herr Bollermann ist gestorben und hat sich eine Einäscherung gewünscht. Doch beim Transport der Urne wird seine Asche von einer Bö davongeblasen. Der Urnenträger füllt einfach zwei Hand voll Erde aus der Nähe einer Mülltonne nach.
Später betrachtet Witwe Bollermann wehmütig den Inhalt der Urne:
„Das ist nun alles“, seufzt sie, „was mir von meinem geliebten Ottokar verblieben ist – das bisschen Asche und die paar Eierschalen!“

Ein Politiker macht in der Irrenanstalt Besuch.
Unter anderen Verrückten trifft er auf einen kleinen, schwarzhaarigen Mann mit einer Stirnlocke und dem Daumen unter der Weste.
„Nun, und wer sind Sie?“, will der Politiker wissen.
Der Irre: „Ich bin Napoleon!“
„Aha! Und wer hat Ihnen das gesagt?“
„Das hat mir Gott selbst gesagt!“, antwortet der Verrückte.
Kommt im gleichen Moment ein Mann mit wallendem Vollbart vorbei und brummt: „Was soll ich gesagt haben?“

„Meinst du es ernst mit deiner Schlankheitskur, Isolde?“
„Bitterernst! Ich lese ja nicht mal mehr das Fettgedruckte in der Zeitung!“

„Ist Ihnen langweilig?“, fragt die Gastgeberin ihren gähnenden Besucher.
„Das nun weniger“, erklärt der, „es wird wohl der Hunger sein!“

Fragt der Vater den Sohn: „Weißt du, wann Amerika entdeckt wurde, mein Junge?“
„Vor rund 400 Jahren, Papa!“
„Hm, habe schon immer gewusst, dass die Amis lügen.
Lese hier gerade von über 1000-jährigen Bäumen dort!“

„Sie halten mich wohl für einen kompletten Idioten?“
„Aber nein! Ich beurteile Menschen nie nach ihrem Aussehen!“

Ein Wanderer ruft einem Schäfer zu: „Kann man hier durch den Fluss waten?“
Schäfer: „Klar, kann man!“
Der Wanderer stürzt sich ins Wasser und will losgehen.
Doch mit knapper Not entgeht er dem Ertrinken.
Ruft er dem Schäfer zu: „Alter Depp! Das Wasser ist ja mindestens zehn Meter tief!“
Schreit der Schäfer zurück: „Selber Depp! Den Enten geht es immer nur bis zur Brust!“

Drei alte Herren sitzen auf der Parkbank und geben einander Ratschläge, wie man ein goldenes Alter erreichen könne.

Der eine sagt: „Ich bin 86 Jahre alt! Ich wäre nicht so alt geworden, wenn ich getrunken, geraucht und spät ins Bett gegangen wäre!"

Der zweite sagt: „Ich verdanke meine 95 Jahre nur meiner Diät aus Buttermilch und Leinsamen!"

Sagt der Betagteste von den dreien: „Bei mir ist es anders, mein Vater hat mir schon früh geraten, mein Leben in vollen Zügen zu genießen, zu rauchen, zu trinken, mir die Nächte um die Ohren zu schlagen und kein Vergnügen auszulassen!"

Murmeln die beiden anderen: „Unglaublich. Ganz erstaunlich! Und wie alt sind Sie nun eigentlich damit geworden?"

„31!"

„Hubert", nörgelt Frau Meisenkaiser, „ich versteh nicht, dass du immer auf den Balkon rausgehst, wenn ich singe!"
Sagt Meisenkaiser: „Ich lass mich draußen nur sehen, damit die Nachbarn nicht denken, dass ich dich grad totschlage!"

„Euer Lordschaft, das Klavier im blauen Salon ist verstimmt!"
„Worüber denn?"

„Kannst du mir sagen, was für einen Grund es geben kann, einem Mann ins Gesicht zu spucken?"
„Wenn sein Bart brennt!"

Erinnert sich Dünnbier wehmütig: „Wenn ich dran denke, was für ein bildschöner Junge ich in meiner Jugendzeit gewesen bin ..."
Fragt Frau Dünnbier: „Wann soll das denn gewesen sein?"
Dünnbier: „Kurz bevor ich auf der Entbindungsstation vertauscht wurde!"

„Papa, ich habe einen Hund gesehen, der war so groß wie ein Elefant!"
„Du kriegst gleich was hinter die Löffel, Bengel! Ich habe dir doch schon hundertmilliardenmal gesagt, du sollst nicht so schamlos übertreiben!"

Schimpft der knauserige Ehemann: „Hulda, du hast dem Bettler wirklich 50 Cent gegeben?“
„Nicht nur das! Er hat auch noch Essen von mir bekommen!“
„Ach, das ist etwas anderes! Dann hat er sich sein Geld ja schwer verdienen müssen!“

„Du, was ist eigentlich ein Phänomen?“, fragt Fiete den Hein. Hein überlegt eine Weile: „Weißt du, was ein richtiger Seehund ist?“
„Klar, kenn ich!“
„Und du weißt doch auch, was eine Straßenlaterne ist?“
„Natürlich!“
„Und nun stell dir mal vor, dass der Seehund auf dieser Straßenlaterne sitzt und ’ne Fischsemmel frisst! Das ist ein Phänomen!“

„Das Kino ist aber bis auf den letzten Platz ausverkauft!“
„Macht nichts! Dann geben Sie mir eben den!“

Ein Mann klettert an einer offen stehenden Bahnschranke hoch.
Schimpft der Schrankenwärter: „Mann, was treiben Sie denn da?“
„Ich vermesse die Schranke!“
„Hätten Sie ja gleich sagen können, dann hätte ich sie Ihnen doch runtergelassen!“
„Nützt ja nichts! Ich brauche die Höhe, nicht die Breite!“

In der Irrenanstalt beteuert der Patient dem Gastprofessor stundenlang, dass er völlig normal und nur aus Versehen in der Anstalt sei. Der Professor hört geduldig zu, was der Mann über sich erzählt und kommt immer mehr zu der Erkenntnis, dass der Patient in der Tat geistig völlig gesund ist und zu Unrecht in der Anstalt schmachtet. Schließlich verspricht er dem Mann, sich unverzüglich dafür einzusetzen, dass die Tore der Anstalt für ihn wieder aufgehen. Der Patient ist überglücklich und bedankt sich tausendmal.

Als der Professor gerade zur Tür geht und die Klinke herunterdrückt, erhält er einen so mordsmäßigen Tritt in den Hintern, dass er glatt den Korridor hinunterfliegt. Brüllt der Irre: „Aber dass Sie's ja nicht vergessen, Herr Professor, gell?"

„Sie", fragt Klaus einen alten, feinen Herrn auf der Straße, „sagen Sie mal, wie komme ich hier zum Schwimmbad?"
Entrüstet sich der feine Herr: „Kannst du denn nicht etwas höflicher fragen, Bengel?"
Klaus: „Ne, besten Dank, dann verlauf ich mich lieber!"

Der alte Knorzhuber ist Witwer geworden. Mit seinem Freund Obermoser bringt er die Urne gleich nach der Einäscherung zur Pietät. Doch es ist Winter, der Gehsteig ist spiegelglatt. Sagt da fluchend der Obermoser, als er fast auf den Hintern geflogen ist: „Geh, stell dich nicht an! Nun lass uns schon endlich deine Alte streuen, bevor wir uns die Haxen brechen!"

Frau Riesenschmidt sitzt heulend in der Küche.
Als ihr Mann wissen will, was denn los sei, schluchzt sie:
„Ich glaube, wir sind mit Peter zu streng gewesen!
Als sie ihn heute im Kindergarten gefragt haben,
wie er heißt, hat er gesagt ‚Peter Lassdas!'"

Zwei Irre treffen sich im Fahrstuhl.
„Was machst du denn im Lift?", fragt der eine.
Sagt der andere: „Immer dasselbe Lied! Die Treppe
ist mal wieder defekt!"

Ein Kannibalenjüngling zum Kannibalenfräulein: „Gnädigste,
darf ich Ihnen meinen Arm reichen?"
Sie: „Zu freundlich! Aber ich habe schon gefrühstückt!"

**Eine Oma kommt mit einer
Speckschwarte in der Hand
zum Gottesdienst.**
Fragt der Pfarrer: „Wo haben
Sie denn Ihr Gesangbuch,
Mütterchen?"
„Oh mei! Werd ich's wohl in
die Erbsensuppe geschmissen
haben!"

Im Jahr 2091 betritt ein Roboter die Bank und löst einen Scheck über fünf Millionen Dollar ein.
Als er die Bank mit dem Geld verlassen will, drückt ihm ein anderer Roboter den Ballermann an die Antenne und zischelt: „Mäuse her oder Platine!“

Die Gastgeberin: „Und nun singe ich ‚Am Brunnen vor dem Tore‘!“
Gast: „Gehen Sie nur! Gehen Sie nur! Hier drinnen hört sowieso kein Mensch mehr zu!“

Zwei Irre wollen aus der Anstalt ausbrechen.
Dazu müssen sie aber 100 Mauern überklettern.
Sie fangen also an.
Nach 56 Mauern fragt der eine: „He, Kumpel, kannst du noch?“
Der keucht schwer: „Wird schon noch gehen!“
Nach 99 Mauern fragte der erste wieder: „Na, Kumpel, packst du's noch?“
Sagt der wie eine Lokomotive schnaufend: „Jetzt – keuch – jetzt – geht's – keuch – nimmer!“
Sagt der erste: „Okay! Kehren wir um!“

„Na, Heinrich“, fragt Emil seinen Freund einen Tag nach einem Saufgelage, „was hat denn deine Frau gesagt, als du gestern so spät nach Hause gekommen bist?“
Sagt Heinrich mühsam: „Weischt du, viel hat schie nicht geschagt, und die Vorderschähne wollte ich mir ja schowiescho schiehen laschen!“

Hans will Franz besuchen.
Als er die Türklingel gedrückt hat, ruft Franz von drinnen: „Bei uns ist keiner zu Hause!“
Ruft Hans zurück: „Na, dann ist es ja gut, dass ich nicht extra gekommen bin!“

Sagt Heinrich nach einem weiteren Saufgelage zu Emil, als es endlich Zeit wird, nach Hause zu gehen: „Jetzt stehen wir auf! Denn wenn wir noch gehen können, gehen wir nicht! Können wir aber nicht mehr gehen, dann gehen wir!«

Wenn Gäste zu Besuch sind, schickt der Vater Hänschen immer in den Keller, mit dem Auftrag, ein paar gute Flaschen Wein hochzubringen. Eines Abends kommt Hänschen aber mit leeren Händen zurück.
Sagt der Vater: „Was? Kein Wein?“
Sagt Hänschen bedauernd: „Ne, Papa! Kuhnkes haben das Loch zugenagelt!“

Meckert der künftige Mieter: „Die Wände der Wohnung sind aber verdammt dünn!“
Hauswirt: „Werden morgen ja auch erst tapeziert!“

„Ich bin mit meiner Langmut am Ende! Jetzt muss ich Sie schon zum siebten Mal bitten, mir die 500 Euro zurückzugeben!“
„Was denn! Was denn! Und wie oft musste ich Sie bitten, sie mir zu pumpen?“

Hulda liegt ihrem Mann in den Ohren: „Ich brauche dringend ein paar neue Kleider, Liebster! Die Nachbarn lachen schon über meine alten Klamotten."
Überlegt ihr Mann und sagt dann: „Fang schon mal an zu packen! Wir ziehen um, das kommt billiger!"

Ludwig kommt mit der Rechtschreibung nur mühsam zurecht. Also fragt er seinen Freund Matthias um Rat.
Matthias versucht, ihm folgendermaßen zu helfen: „Also, alles, was du anfassen kannst, wird großgeschrieben. Was du nicht anfassen kannst, wird kleingeschrieben. Nehmen wir diesen Satz als Beispiel: Die Katze sitzt hinterm Ofen. ‚Die' kannst du nicht anfassen, also schreibst du's klein. ‚Katze' kannst du anfassen, also schreibst du's groß. ‚Sitzt' kannst du nicht anfassen, wird also kleingeschrieben. ‚Hintern' kannst du anfassen, schreibst du also groß. Nur beim Ofen musst du aufpassen! Wenn er eingeheizt ist, kannst du ihn nicht anfassen, musst ihn also kleinschreiben. Ist er aber nicht eingeheizt, kannst du ihn anfassen und schreibst ihn deshalb groß. So einfach ist das!"

Peter: „Mein kleiner Bruder wird Mittwoch getauft!"
Stephan: „Ob er mit diesem Namen glücklich wird?"

Bei Brömmels herrscht ewige Geldknappheit. Eines Tages kauft sich Brömmel trotzdem ein Los.
„Was für eine unnütze Ausgabe!", meckert seine Frau.
Beruhigt sie Brömmel: „Keineswegs! Was glaubst, wie ich jetzt bei unseren Gläubigern auftreten kann!"

**Der Ehemann kommt mit einem fürchterlichen Rausch nach Hause. Seine Gattin empfängt ihn an der Tür mit dem Nudelholz.
Brüllt der Ehemann: „Nie Geld im Haus! Aber neue Möbel kaufen!"**

Sitzen zwei in der Kneipe. Der eine liest aus der Zeitung vor: „Bei jedem Atemzug, den ich mache, soll ein Mensch sterben!", wundert er sich über eine Notiz.
Sagt der andere bissig: „Warum versuchst du es nicht mal mit Mundwasser?"

Ein Regentropfen ist des Lebens überdrüssig. Sagt er zu dem anderen:

„Du, ich mache Schluss. Ich geh ins Wasser!"

**„Können Sie mir sagen, wie spät es ist, mein Herr?"
„Nee, kann ich nicht, mein Pfandschein tickt nicht!"**

„Ich weiß nicht, was die Leute an Karl May finden“, sagt ein Leihbücherei-Besucher zu seinem Nebenmann, „ich habe schon 50 Seiten gelesen und finde es absolut nicht spannend, was der May da so schreibt!“
„Welchen Band lesen Sie denn?“
„Das Kapital!“
„Ja, dieses Buch ist doch von Karl Marx und nicht von Karl May!“
„Ah, drum sind auch noch keine Indianer vorgekommen!“

„Frau Meier! Ihre vier Kinder sitzen in meinem Kirschbaum und klauen meine Kirschen!“
„Ja, wo haben sie denn wieder den Kleinsten gelassen?“

Zwei Männer kommen aus dem Spielkasino. Der eine ist vollkommen nackt, der andere trägt noch seine Unterhose.
Sagt der eine: „Das gefällt mir so an dir! Du weißt immer, wann du aufhören musst!“

Fragt Frau Himmelreich Frau Schludrig: „Wie geht es eigentlich Ihrem Onkel?“
„Nicht so berühmt, er ist schwer krank!“
„Nun, da müssen Sie sich wohl auf alles gefasst machen?“
„So schlimm ist es auch wieder nicht, wir erben bloß die Bücher!“

Erkundigt sich ein Fremder bei einem Einheimischen nach dem Kreiskrankenhaus.
Sagt der: „Kreiskrankenhaus? Haben wir nicht! Unseres ist viereckig! Aber vielleicht meinen Sie den Gasometer?“

„Fräulein, können Sie mir nicht Ihre Telefonnummer geben?“
„Ich habe sie vergessen, mein Herr!“
„Och, können Sie sie mir nicht wenigstens so ungefähr sagen?“

Frau Lohmeier zetert über den Pelz, den sie vor einem Jahr bekommen hat: „Der Kürschner ist ein Betrüger! Der Pelz fällt ja schon auseinander und ist völlig abgewetzt! Und der Verkäufer hat gesagt, der würde bis an mein Lebensende halten!“
Sagt Herr Lohmeier beruhigend: „Nun darfst du aber nicht Ungerecht sein, Liebste! Erinnerst du dich nicht, wie schlecht du damals ausgesehen hast?“

Ein feiner Herr speist mit einer Dame, die er gerade erst kennengelernt hat, in einem vornehmen Restaurant.
Der aufgeregten Dame fällt aber leider der Teller mit dem teuren, nobel angerichteten Hauptgang unter den Tisch.
Ein Hund stürzt sich sofort darauf.
Sagt der feine Herr zu seiner Begleiterin: „Nur keine Sorge, gnä' Frollein, der Hund bekommt Ihr Menü nicht! Ich hab schon meinen Fuß drauf!"

Der alte Schotte hat das Zeitliche gesegnet. Seine drei Söhne beraten, wie sie ihn unter die Erde bringen sollen.
Der erste sagt: „Vater war ein bedeutender Mann! Er sollte ein großes Begräbnis bekommen!"
Der zweite hält dagegen: „Er war aber auch sparsam und einfach! Deshalb sollte auch die Beerdigung einfach sein!"
Der dritte: „Vater hatte aber auch ein Herz für die Armen. Deshalb sollte er ein Armenbegräbnis erhalten!"
Da erhebt sich der Leichnam aus dem Sarg und knurrt: „Papperlapapp! Ich gehe zu Fuß zum Friedhof!"

Arbeit ist das halbe Leben

Das Museum hat einen neuen Wächter eingestellt.
Nach seinem ersten Arbeitstag meldet er sich stolz beim Direktor: „Sie werden mit mir zufrieden sein, Herr Direktor!
Ich habe schon zwei Rembrandts und einen Picasso verkauft!“

Autofahrer zum Tankwart: „Und dann sehen Sie bitte noch nach den Reifen!“
Tankwart „Eins, zwei, drei, vier – alle da!“

Offizier zum frisch eingezogenen Soldaten: „Mensch, an Ihrer Jacke fehlt ja ein Knopf!“
Rekrut: „Mann! Ihre Sorgen möchte ich haben!“

Im Milchladen verlangt Dieter: „Bitte, ein Kilo Milch!"
Die Frau hinter dem Ladentisch berichtigt freundlich:
„Milch wird nicht gewogen, sondern gemessen, mein Junge!"
Sagt Dieter: „Gut! Dann hätte ich gern einen Meter!"

Beim Friseur beschwert sich ein Kunde: „Ihr Haarwuchsmittel ist Betrug! Jetzt sind mir auch noch meine letzten paar Haare ausgefallen!"
Der Friseur: „Kein Grund zur Beunruhigung, mein Herr! Sie machen nur Platz für die neuen!"

„Sag mal, Bauer, raucht dein Pferd?"
„Ne, wieso?"
„Dann brennt dein Stall!"

**Beschwert sich ein Zuschauer während der Theaterpause: „Warum telefonieren die Schauspieler in diesem Stück eigentlich pausenlos?“
Wird ihm erklärt: „Die Souffleuse hat Grippe und arbeitet vom Bett aus!“**

Sagt der Gefängniswärter eines Morgens zu seinem Kollegen: „Du, Knacker-Ede ist heute Nacht getürmt!“
Kollege: „Bin ich froh! Was glaubst du, wie mich dem seine dauernde Feilerei mitten in der Nacht immer gestört hat!“

**„Ist Ihr neuer Verkäufer wirklich so gut, wie Sie es erhofft haben?“
„Freilich! Gestern hat er einem Briefmarkensammler eine ganze Kilopackung Niespulver aufgeschwatzt!“**

Zwei Drehbuchautoren reden über ihre Arbeit.
Meint der eine: „Es kann natürlich schon mal vorkommen, dass mir nichts einfällt.“
Nickt der andere: „Stimmt! Den Film habe ich gesehen!“

Der Logenschließer im Theater beobachtet misstrauisch eine alte Dame, die ein altertümliches Hörrohr mit in den Saal bringt.
Er zischelt ihr zu: „Wenn Sie auch nur ein einziges Mal tuten, fliegen Sie raus!"

Kommt ein Glatzkopf mit nur noch wenigen Haarbüscheln im Nacken zum Friseur: „Könnten Sie wohl meine Haare locken?"
Friseur: „Selbstverständlich, mein Herr, locken kann ich sie schon, aber ob sie auch herauskommen?"

„Müller, wie können Sie Ihr Gehirn auf die Größe einer Erbse bringen?"
„Keine Ahnung, Chef!"
„Aufblasen, Müller, feste aufblasen!"

Anruf nach der Wetterkarte in der Fernsehanstalt: „Ich möchte Ihnen nur mitteilen, dass die Feuerwehr gerade Ihre leichte Bewölkung aus meinem Keller pumpt!"

Fährt ein Kohlenhändler mit Pferd und Wagen durch die Straße und ruft immer: „K... K... K... Kohlen!"
Fragt ihn ein Passant: „Wieso rufen Sie denn Kohlen aus, Sie haben doch Briketts auf Ihrem Wagen!"
Sagt der Händler: „D... das w... weiß i... ich s... selber! A... aber w... wenn ich Br... Br... Br... Briketts ausrufe, bleibt mir immer der Gaul stehen!"

„Was sind Sie von Beruf?"
„Zauberkünstler!"
„Und was ist Ihre beste Nummer?"
„Ich zersäge Jungfrauen!"
„Ist das schwer?"
„Nein, den Trick beherrsche ich bereits seit meiner Kinderzeit!"
„Haben Sie Geschwister?"
„Ja! Fünf Brüder und eine Halbschwester!"

Zwei Fakire liegen auf dem Nagelbrett und freuen sich ihres Lebens.
Plötzlich springt der eine auf und ruft: „Bis später! Ich muss zum Zahnarzt!“
Schüttelt der erste missbilligend den Kopf: „Das geht wirklich zu weit! Wie kann man nur so genusssüchtig sein!“

Der Chef hat den Betriebspsychologen in sein Büro gerufen: „Das Betriebsklima ist wirklich unter aller Kanone, stellen Sie das bitte ab!“
Der Psychologe: „Dazu muss ich erst einmal von Ihnen wissen, warum es Ihrer Meinung nach mit dem Klima so schlecht steht?“
Der Chef: „Das sollen Sie doch herausfinden, Sie überbezahlter diplomierter Armleuchter, Sie!“

Der Herr kauft einen Fallschirm.

„Geht er auch wirklich auf?“, will er vom Verkäufer wissen. „Gewiss“, versichert der, „und wenn nicht, Ihre Frau Gattin kann ihn gern umtauschen!“

Herr Kunze leidet unter Haarausfall. Der Friseur empfiehlt ihm ein Haarwuchsmittel
„Hilft es auch wirklich?“, will Herr Kunze wissen.
Der Friseur: „Und ob! Letzte Woche habe ich ein paar Tropfen auf einen Bleistift gerieben, und heute habe ich eine klasse Zahnbürste!”

Der Fernfahrer ruft seinen Chef an: „Chef, ich kann nicht weiterfahren! Der Außenspiegel ist kaputt!“
Chef: „Mann, dann fahren Sie eben ohne!“
Fahrer: „Aber der LKW liegt drauf!“

Der Chef meckert mit seiner Sekretärin herum: „Fräulein Moser, Sie haben mich nicht an den Beerdigungstermin meines alten Geschäftspartners Huber erinnert!“
„Ich hab's leider vergessen!“, stammelt Fräulein Moser.
Tobt der Chef: „Vergessen! Vergessen! Was soll der Mann bloß von mir denken!“

Der Spieß brüllt beim Morgenappell auf dem Kasernenhof: „Männer! Wir sind ein Vorbild an Sauberkeit! Die Wäsche wird täglich gewechselt! Heute wechseln Müller mit Meier, Schulze mit Lehmann, Schmidt mit ...“

Verlangt ein Kunde am Bankschalter: „Bitte geben Sie mir einen neuen 100-Euro-Schein. Ich möchte ihn verschenken!“
Bankbeamter: „Sehr wohl, der Herr! Soll ich den Preis gleich abmachen?“

„Eben lese ich in der Presse, dass die Polizei einen mittelgroßen, kräftig gebauten Mann mit dunklen Haaren sucht, der alte Damen im Park überfällt!"
„Und was wollen sie zahlen?"

Sagt der Friseurmeister zu seinem Lehrling: „Wenn du im Laden fertig bist, gehst du auf den Hof und frisierst mein Motorrad!"

Der Pilot schreibt einen Reklamespruch an den Himmel. Unten steht sein Chef und sagt nach der Landung: „Noch mal rauf, Sie haben ein Komma vergessen!"

Chef: „Warum kommen Sie heute so spät, Fräulein Meisel?"
„Ich habe geheiratet, Herr Direktor!"
„Gut, gut! Dass mir das aber nicht öfter vorkommt!"

 Der Taucher geht auf dem Meeresgrund spazieren. Auf einmal eine Stimme im Kopfhörer: „Komm rauf, wir gehn unter!"

In der Herrenabteilung des großen Bekleidungshauses sind alle gespannt auf den neuen Starverkäufer. Um den Neuen zu testen, holt der Abteilungsleiter die ältesten Ladenhüter aus dem Lager nach vorn. Sieh da, am Abend ist alles verkauft.

Wundert sich der Vorgesetzte: „Haben Sie etwa auch den total verschnittenen Anzug mit den verschiedenfarbigen Ärmeln verkauft?"

„Logisch!", sagt das Verkaufsgenie.

„Hatte der Kunde an dem Monstrum denn gar nichts auszusetzen?"

„Keine Spur! Nur sein Blindenhund hat geknurrt!"

„Entschuldigen Sie die Störung", sagt der Mann vor der Haustür, „wir veranstalten eine Sammlung. Ich komme wegen der geistig Behinderten."

„Augenblick", sagt die Frau, „ich hole meinen Mann!"

Ein Gärtner sammelt auf der Straße Pferdeäpfel auf.

Fragt sein Nachbar: „Was willst du mit den Pferdeäpfeln?"

Sagt der Gärtner: „Die streuen wir auf unsere Erdbeeren!"

Nachbar verblüfft: „Komisch, wir nehmen immer Zucker!"

Ein Autofahrer bringt seinen total verbeulten Wagen in die Werkstatt.
„Könnten Sie mir den Schaden bis heute Abend wieder in Ordnung bringen?", fragt er.
Antwort: „Ne! Wir waschen zwar Autos, aber wir bügeln sie nicht!"

Der Richter fragt den Angeklagten: „Warum sind Sie denn drei Nächte hintereinander in das gleiche Geschäft eingebrochen?"
Dieb: „Beim ersten Mal habe ich meiner Frau ein Kleid mitgenommen. Die beiden anderen Male habe ich es umgetauscht!"

Sagt eine alte Dame mitleidig zu einem gehbehinderten Bettler: „Trösten Sie sich, es ist besser lahm zu sein als blind!"
„Genau, Gnädigste! Als ich noch blind war, bekam ich nur Hosenknöpfe in den Hut!"

Sagt der Feldwebel: „Kompanie rechts um! Das gilt auch für den kleinen Rothaarigen da hinten!“
„Herr Feldwebel! Das ist doch ein Hydrant!“
„Mir egal! Auch Akademiker haben meinen Befehlen zu folgen!“

In einer englischen Zeitungsredaktion kommt ein Leserbrief mit Strafporto an.
In dem Brief steht: „Wenn Sie nicht mit diesen idiotischen Schottenwitzen aufhören, leihe ich mir Ihr Blatt nicht mehr aus!“

Ein Staubsaugervertreter besucht einen abgelegenen Bauernhof. Um der Bäuerin die Vorteile seiner Staubsauger vorzuführen, schüttet er einen großen Beutel Dreck vom Hof in der Stube auf dem Läufer aus.
Dazu sagt er: „Ich werde jeden Krümel Dreck vom Boden auffressen, den dieser Staubsauger nicht wegsaugt!“
Die Bäuerin: „Mahlzeit! Wir haben keinen Strom hier oben!“

Der Artist stellt sich beim Zirkusdirektor mit einem großen und einem kleinen Koffer vor. Aus dem kleinen Koffer holt er einen Mordsstein, schlägt ihn dreimal gegen seinen Kopf – und der Stein ist kaputt.
„Recht anständig!", lobt der Direktor. „Und was ist in dem großen Koffer?"
„Kopfwehtabletten!"

Tobt ein empörter Kunde an der Kasse im Supermarkt:
„Wenn Sie selbst zugeben, noch nie einen 37-Euro-Schein gesehen zu haben, wie können Sie dann behaupten, er sei falsch!"

Kundin in der Boutique: „Könnte ich das geblümte Kleid im Fenster einmal anprobieren?"
Verkäuferin: „Selbstverständlich! Wir haben aber auch Kabinen!"

Der erste Sprung ins Nichts für die gerade erst ausgebildeten Fallschirmspringer. Der Spieß führt jeden an die Flugzeugluke und schubst ihn ins Freie. Doch mit einem Springer hat er nichts als Ärger – der wehrt sich mit Händen und Füßen, brüllt tierisch und ist nur mit roher Gewalt aus der Luke zu befördern. Fängt einer an zu lachen.
Empört sich der Spieß: „Über einen solchen Feigling können Sie sich auch noch amüsieren?"
Sagt der: „Sie sind gut! Das war doch der Pilot!"

„Au!“, brüllt der Kunde beim Friseur. „Sie haben mir ja ein Stück von meinem Ohr abgeschnitten!“
Sagt der Friseur demütig: „Darf ich Ihnen vielleicht die Ecken etwas abrunden?“

Ein Apotheker hetzt schnaufend hinter einem Kunden her und schreit wie am Spieß: „Ich habe Ihnen aus Versehen statt Aspirin Zyankalitabletten eingepackt!“
„Ist denn da ein Unterschied?“
„Ja! Zyankali kostet acht Euro mehr!“

Der Beamte hört seinen Kollegen am Nebenschreibtisch entsetzlich stöhnen.
Besorgt fragt er: „Fehlt Ihnen etwas, Herr Kollege?“
„Mir ist ja so schwindlig!“
„Ja, wovon denn? Sie haben sich ja gar nicht von der Stelle gerührt!“
„Aber ich habe das Rundschreiben zu schnell gelesen!“

Ein Mann kommt in eine Buchhandlung: „Also, ich möchte ein Buch, in dem kein Mord, keine Liebe, kein Verbrechen, kein Arzt, keine alte Millionärin, kein Hund und kein Pfarrer vorkommen. Was können Sie mir empfehlen?"
„Klarer Fall! Den Fahrplan der Deutschen Bahn!"

„Glauben Sie an ein Weiterleben nach dem Tode?", fragt der Chef seinen Hauptbuchhalter.
„Ich weiß nicht so genau, Chef, warum fragen Sie?"
„Weil Ihr Großvater, zu dessen Beerdigung Sie vorgestern waren, Sie dringend am Telefon verlangt!"

„Dein Freund macht in letzter Zeit so einen niedergeschlagenen, bedrückten Eindruck!"
„Das kommt von seiner neuen Lehrstelle.
Er drückt in der Fischkonservenfabrik den Ölsardinen die Augen zu!"

Ein Fakir kommt in die Eisenwarenhandlung und verlangt 5000 Nägel.
Der Verkäufer ist verwundert: „Wozu brauchen Sie denn gleich Tausende von Nägeln?"
Fakir: „Wissen Sie, meine Frau möchte gern die Betten neu beziehen!"

Tante Adelheid betrachtet beim Antiquitätenhändler ein Bild an der Wand und nörgelt: „Dieses abstoßend hässliche Porträt dort an der Wand ist aber von einem ziemlich unbegabten Maler!“
Der Verkäufer: „Gnädigste, das ist kein Porträt! Das ist unser Garderobenspiegel!“

„Zeugin, geben Sie bitte Ihr Alter an!“
„Ich komme in die Dreißiger, Euer Ehren!“
„Aus welcher Richtung?“

Ein Bauer geht zum ersten Mal im Leben mit der Bäuerin ins Kino. Sie verspäten sich – alles sitzt schon, und es ist stockfinster im Saal. Da kommt ihnen die Platzanweiserin mit ihrer Taschenlampe entgegen. Zieht der Bauer erschrocken seine Frau zur Seite: „Aufgepasst, Emma, da kommt ein Radfahrer!“

Polizist zur Autofahrerin: „Wissen Sie denn nicht, dass ein Kind erst ab zwölf auf den Beifahrersitz darf?"
Die Frau: „Nun seien Sie doch nicht so kleinlich, Herr Wachtmeister! Wegen der paar Minuten!"

Hubert fährt in falscher Richtung durch die Einbahnstraße.
Schimpft ein Polizist: „Sie sind wohl nicht ganz dicht! Haben Sie denn die Pfeile nicht gesehen?"
Hubert erschrocken: „Was! Indianer gibt's hier auch?"

Ein Räuber schiebt der Bankkassiererin schweigend einen Zettel hin: „Mäuse her, aber dalli!"
Die Kassiererin nickt und schreibt auf die Rückseite: „Rücken Sie Ihre Krawatte zurecht! Sie werden gefilmt!"

Eine Frau will auf dem Markt Blaubeeren kaufen.
Sie wühlt in der Ware herum und meckert: „Die sind ja noch ganz rot!"
Sagt die Marktfrau: „Freilich! Sie sind ja auch noch grün!"

Richter zum Angeklagten: „Wann haben Sie Geburtstag?"
Der Angeklagte schweigt verstockt.
Der Richter wiederholt: „Also, wann haben Sie Geburtstag?"
Schließlich sagt der Angeklagte mürrisch: „Was soll die Fragerei, Sie schenken mir ja doch nichts!"

Richter zum Dieb: „Wie kamen Sie bloß auf den Einfall, das Rad zu stehlen?“
Dieb: „Och, das Rad lehnte da so an der Friedhofsmauer, und da dachte ich, der Besitzer wäre gestorben!“

Herr Bollmann, der nur noch drei Haare sein eigen zählt, kommt zum Friseur.
Der fragt: „Wie hätten Sie es denn heute gern, der Herr?“
„Den Scheitel links, bitte.“
Also legt der Friseur ein Haar nach links und zwei nach rechts. Dabei geht leider ein Haar aus.
Friseur zu Bollmann: „Das tut mir aber leid! Was sollen wir machen?“
Bollmann: „Machen Sie einen Mittelscheitel!“
Doch dabei geht ein weiteres Haar aus, das zweite von den ehemals dreien.
„Und jetzt, mein Herr?“, will der verzweifelte Friseur wissen.
Bollmann: „Ach, vergessen Sie's! Ich gehe heute struppig nach Hause!“

Der junge Angestellte bittet seinen Chef mit den Worten um Gehaltserhöhung: „Mit meinem jetzigen Gehalt kann ich wirklich keine großen Sprünge machen!“
Der Chef: „Das verlangt ja auch niemand, schließlich habe ich Sie als Buchhalter angestellt und nicht als Känguru!“

Der Astronaut funkt an die Bodenstation:

„SOS, SOS, SOS!

Ein UFO fliegt vor mir her, und ein kleines grünes Männchen fotografiert mich ständig! Was soll ich tun?“
Antwort von unten: „Lächeln, nur lächeln!“

Ein 32 Jahre alter Malermeister steht vor Petrus und jammert: „Ach, warum nur musste ich so früh mein Leben lassen?“
Petrus: „Das ist doch die Höhe! Den Arbeitsstunden nach, die du deinen Kunden in Rechnung gestellt hast, bist du bereits 93!“

Als Christa vom Einkaufen zurückkommt, fragt die Mutter: „Hast du gesehen, ob der Metzger Schweinsfüße hat?"
Sagt Christa: „Ne, er hatte Schuhe drüber."

Kathrin fragt auf dem Markt nach dem Preis einer Melone.
„Zwo achtzig", sagt die Marktfrau.
Stöhnt Kathrin: „Ist ja ganz schön gesalzen!"
„Dann nimm doch nur eine halbe, die kostet eins fuffzig."
Sagt Kathrin: „Gut! Dann nehme ich die andere Hälfte. Hier haben Sie eins dreißig!"

„Habe ich Sie nicht schon mal rasiert?", fragt der Friseur einen Kunden.
Kunde: „Nein. Das Ohr habe ich im Krieg verloren!"

Franz und Hans sind Hilfsarbeiter auf einer Baustelle. Da sieht der Polier, wie sie gemächlich daherkommen – den linken Arm in die Hüfte gestemmt, den rechten nach oben abgewinkelt. Schreit der Polier: „Seid ihr denn total bekloppt?"
Guckt Franz nach oben und lässt die Arme sinken: „Du, Hans, haben wir doch glatt die Leiter vergessen!"

Lokomotivführer zum Heizer: „Das ist heute vielleicht ein Tag! Morgens habe ich mich beim Rasieren geschnitten, dann habe ich meinen Kaffee auf meine Hose geschüttet, und nun kommt uns auch noch ein D-Zug entgegen!"

„Sagen Sie, was studiert Ihr Sohn eigentlich?"
„Wirtschaft!"
„Sehr weitblickend! Getrunken wird schließlich immer!"

Stolz berichtet der Klopapier-Direktor: „Der Verbrauch an Toilettenpapier betrug im vergangenen Jahr unserer Bilanz pro Kopf der Bevölkerung 1,4 Kilogramm."
Flüstert einer: „Versteh ich nicht, wieso denn Kopf?"

Ein Friseur schneidet einem langmähnigen jungen Mann die Wolle vom Kopf.
So nebenbei fragt er: „Waren Sie mal bei der Marine?"
„In der Tat! Wie kommen Sie darauf?"
Friseur: „Ich habe eben Ihre Mütze gefunden!"

Schröders besichtigen eine Neubauwohnung.
Frau Schröder ist hell begeistert: „Das sind ja tolle Einbauschränke hier im Raum!"
Schüttelt der Makler bedauernd den Kopf:
„Nein, Gnädigste, das sind die Kinderzimmer!"

Kurz vor der ersten Landung auf dem Mond meldet das US-Raumschiff nach unten:
„Die Russen sind schon hier und streichen den Mond rot an! Was sollen wir machen?“
Bodenstation: „Abwarten! Ihr bekommt in Kürze eure Anweisungen!“
Nach einigen Stunden funkt das Raumschiff erneut nach unten: „Der Mond ist jetzt knallrot, wie lauten eure Befehle?“
Bodenstation: „Okay, ihr nehmt jetzt weiße Farbe und schreibt auf den Mond ganz groß **‚Coca-Cola‘!**“

Zwei Biologen tauschen Berufserfahrungen aus.
Der eine berichtet: „Ich habe einen Igel mit einem Regenwurm gekreuzt. Herausgekommen sind 20 Meter Stacheldraht!“
Der zweite: „Ist ja doll! Aber meine Kreuzung ist auch nicht von schlechten Eltern: Sau mit Briefkasten!“
„Und was ist rausgekommen?“
„Sparschwein!“

„Früher mussten wir sogar 25 Stunden am Tag schuften!“, berichtet der alte Arbeiter.
„Geh! Der Tag hat doch nur 24 Stunden!“
„Wir haben eben eine Stunde früher angefangen!“

Im Blumengeschäft: „Sind die Blumen künstlich?“
„Natürlich!“
„Ja, was nun: künstlich oder natürlich?“
„Künstlich natürlich!“

Der Farmer protzt: „Meine Ranch ist so groß, dass ich vier Tage ununterbrochen reiten muss, um an die Grenze meines Besitzes zu kommen.“
Sagt ein anderer: „Kenn ich, so einen lahmen Gaul hatte ich auch mal!“

Verkäufer: „Na, funktioniert die Mausefalle, die Sie neulich bei uns gekauft haben?“
Kunde: „Und wie! Heute Morgen lagen wieder drei Mäuse davor, die sich über die Technik totgelacht haben!“

Sagt die Hausfrau auf dem Markt: „Diesen Hasen will ich aber nicht, der ist ja voller Schrotkörner!“
Marktfrau: „Dann nehmen Sie den da, der hat Selbstmord begangen.“

Eine Frau kauft eine Zitrone, ein Viertelpfund Tomaten, zwei Zwiebeln und eine Schachtel Streichhölzer im Laden. Dann bittet sie, man solle ihr die Sachen ins Haus liefern. Bedauert der Ladenbesitzer: „Das geht leider nicht, gnädige Frau! Unser Lastwagen ist gerade mit einem Sträußchen Petersilie unterwegs!“

Eine alte Dame bringt den Stadtgärtner im Park mit ihren tausend Fragen zur Verzweiflung: „Und was tun Sie gegen die vielen Schnecken?“
Sagt der Gärtner: „Nun, ich will es Ihnen verraten: Ich trage sie in die privaten Gärten und drehe sie so lange herum, bis sie schwindlig werden und nicht mehr in den Park zurückfinden!“

Der arme Student hat endlich einen Nebenjob ergattert – er soll im Zoo den Gorilla machen, weil der echte an Altersschwäche gestorben ist und das Publikum nichts merken soll. Der Student macht seine Sache gut: Er hangelt sich am Käfiggitter entlang, kratzt sich, brüllt und frisst Erdnüsse. Die Leute sind schwer begeistert. Doch als der Student sich an einem langen Tau zu temperamentvoll durch den Käfig schwingt, landet er plötzlich im Löwenkäfig nebenan.
Zu Tode erschrocken brüllt er los: „Hilfe! Zu Hilfe!"
Da hört er einen Löwen zischeln: „Halt doch die Klappe, du Idiot! Sonst sind wir alle unseren Job los!"

40 Galeerensklaven rudern wie besessen. Da kommt der Einpeitscher und sagt: „Ich habe eine gute und eine schlechte Nachricht für euch. Die gute: Ihr bekommt eine Sonderration Rum. Die schlechte: Nach dem Essen will der Käpt'n Wasserski laufen!"

 Der Bauer erwischt zwei Knaben in seinem Kirschbaum.
„Ihr klaut wohl meine Kirschen?", brüllt er wütend.
„Ne", piepst es von oben, „wir hängen sie auf!"

„Warum hast du dir denn diesen riesigen Kran angeschafft?"
„Den brauche ich für meine Arbeit!"
„So! Was bist du denn von Beruf?"
„Rausschmeißer in einem Autokino!"

Der Spion bekommt einen sehr wichtigen, absolut geheimen Auftrag: „Sie bringen dieses Geheimdokument in die Bahnhofstraße 27. Der Empfänger heißt Otto Bullbeißer. Sie sagen zu ihm die verschlüsselten Worte: ‚Im Eisschrank brennt kein Licht.' Darauf wird er antworten: ‚Der Tierarzt ist bereits auf dem Weg.'"
Der Spion schleicht also in die Bahnhofstraße 27. Doch er stellt fest, dass zwei Hausbewohner Bullbeißer heißen.
Was soll er machen? Auf gut Glück klingelt er im 3. Stock.
„Guten Tag, Herr Bullbeißer! Im Eisschrank brennt kein Licht!"
Der Mann in der Tür lächelt zuvorkommend: „Hier sind Sie falsch! Der Spion wohnt im Erdgeschoss!"

Joe stellt sich in der Forstverwaltung vor, weil er Arbeit sucht. Er wird gefragt, was er vorher gemacht habe.
„Ich war Holzfäller in der Wüste Gobi!"
„Da gibt es ja gar keine Bäume!"
„Stimmt, jetzt nicht mehr!"

Meister zum Lehrling: „Geh, streich doch mal die Fenster! Ich muss mal telefonieren."
Als der Meister wiederkommt, fragt der Lehrjunge: „Die Rahmen auch, Chef?"

An dem nagelneuen Auto ist zum dritten Mal hintereinander das Getriebe kaputt.
Der Werkstattbesitzer nimmt den Fahrer zur Seite und fragt: „Nun sagen Sie einmal, wie machen Sie das bloß immer?"
Der erklärt bereitwillig: „Nun, ich verstehe es eigentlich auch nicht! Ich fahre den Wagen ganz normal: im 1. Gang bis 20, im 2. bis 50, im 3. bis 80, im 4. bis 120, und dann schalte ich ganz normal auf ‚R' in den Rallye-Gang!"

„Mein neuer Schüler muss Kfz-Mechaniker sein!", sagt der Reitlehrer zu seinem Kollegen.
„Wie kommst du auf die Idee?"
„Ich weiß nicht, er kriecht immer unter's Pferd, wenn es mal stehen bleibt!"

Fragt ein Bauer seinen Nachbarn: „Wo hast du denn die Mordsbeule und das blaue Auge her?"
Nachbar: „Ach, meine Kuh wollte beim Melken nicht ruhig stehen bleiben und hat mir immer ihren Schwanz ins Gesicht geklatscht. Da habe ich ihr einen Ziegelstein drangebunden!"

Fragt der Chef die neue Sekretärin: „Nun, wie viele Anschläge schaffen Sie pro Minute?"
Sekretärin: „Meine Güte, soll ich hier nun als Sekretärin anfangen oder als Terroristin?"

Eine junge Dame macht ihren Führerschein.
Der Prüfer will wissen: „Was tun Sie, wenn Sie schon 200 Meter gefahren sind, und plötzlich merken, dass Sie keinen Zündschlüssel bei sich haben?"
Die junge Dame überlegt kurz und schmettert dann: „Ich halte, steige aus und gucke nach, welcher Idiot mich die ganze Zeit geschoben hat!"

Auf dem Standesamt spricht ein Mann vor:
„Guten Tag! Ich möchte gern eine Namensänderung beantragen!"
„Und wie heißen Sie?"
„Mein Name ist Brenz!"
„Das ist doch ein ganz normaler Name?"
„Schon! Schon! Aber wenn ich telefoniere und mich mit ‚Hier Brenz!' melde, kommt jedes Mal die Feuerwehr angerast!"

Kassierer im Kino: „Mein Herr, das ist nun schon die siebte Eintrittskarte, die Sie innerhalb einer Stunde kaufen!"
„Was soll ich denn machen? Am Eingang steht ein Kerl, der sie mir immer wieder zerreißt!"

Im Kaufhaus: „Fräulein, ich möchte gern ein Paar Unterhosen."
„Lange?"
„Das geht Sie einen Dreck an, ich will sie nicht mieten, sondern kaufen!"

Der Angeklagte verteidigt sich verzweifelt vor Gericht:
„Ich gebe ja zu, dass ich mitten auf der Autobahn gekniet habe! Aber das ist doch kein Beweis, dass ich betrunken war!"
„Und", will der Richter wissen, „wie erklären Sie es sich, dass Sie versucht haben, den Mittelstreifen aufzurollen?"

Polizist zu einem Angler: „Können Sie nicht lesen? Auf dem Schild steht doch: Angeln verboten!"
Angler: „Ich angle ja gar nicht! Ich bade nur mein Würmlein!"
„Das kostet Sie 50 Euro!"
„Wieso?"
„Ihr Würmlein trägt keine Badehose!"

Der Konditorlehrling darf zum ersten Mal auf die Geburtstagstorte ‚Herzlichen Glückwunsch' schreiben.
Doch das dauert und dauert.
Schließlich mosert der Meister: „Wie lange dauert das denn noch, Bengel?"
Lehrling: „Bin bald so weit, Meister! Gleich habe ich das Ding in der Schreibmaschine eingespannt!"

Das Telefon klingelt im Einbruchsdezernat.
Eine Stimme flüstert: „Hilfe! Hier ist ein Kater eingebrochen!"
„Was soll der Blödsinn", schimpft der Beamte, „wieso wenden Sie sich an uns?"
Stimme heiser: „Weil es um Leben und Tod geht! Hier spricht der Papagei!"

Kunde im Sportartikelgeschäft: „Ich habe ein Pferd geerbt und brauche jetzt eine passende Hose. Führen Sie so etwas?"
„Selbstverständlich! Welche Größe hat denn das Tier?"

Knacker-Ede sitzt vor der Glotze. Es wird gerade ein Kriminalfilm angekündigt.
Ruft Ede nach hinten: „Joe, komm aus der Badewanne! Schulfernsehen!“

„Angeklagter! Sie sollen gesagt haben, der Müller hat eine große Klappe?“
„I bewahre, Euer Ehren, ich habe nur bemerkt, er könne ohne Schwierigkeiten eine Banane quer essen!“

„Komplizierte Sache gewesen“, seufzt der Monteur, „aber jetzt können Sie Ihre Wäsche wieder anständig schleudern, Frau Brösel!“
„Wäsche schleudern?“, entsetzt sich Frau Brösel. „Aber das war doch unser Fernsehgerät!“

Der Zoodirektor ruft im Fundbüro an: „Uns ist ein Elefant entlaufen. Ist einer bei Ihnen abgegeben worden?“
Antwort: „Mal sehen! Welche Farbe hat er denn?“

Eine alte Dame kommt nun schon zum x-ten Mal in die Drogerie und kauft immer wieder Mottenkugeln. Der Drogist wundert sich: „Bei Ihnen muss ja eine ziemliche Mottenplage herrschen! Das ist nun schon die sechste Packung, die Sie kaufen!"
Sagt die Oma, schon ganz mutlos: „Das stimmt schon! Aber Sie können sich auch gar nicht vorstellen, wie schwer es ist, die Biester zu treffen!"

„Haben Sie beim Einbrechen denn gar nicht an Ihre arme, alte Mutter gedacht?", tadelt der Richter Knacker-Emil. Sagt Emil: „Doch, schon! Aber für sie war einfach nichts Passendes dabei!"

„Eine Gemeinheit ist das", schimpft die junge Schauspielerin mit dem Regisseur, „eine Gemeinheit, dass Sie mir eine so winzige Rolle zumuten – einfach nur einen Eimer Wasser durch die Kulisse zu tragen!"
Lenkt der Regisseur beruhigend ein: „Gut, mein Kind! Dann dürfen Sie ab jetzt zwei Eimer durch die Kulisse tragen!"

**Rudi hat einen Gockel überfahren.
Er bietet dem Bauern an: „Ich werde Ihnen den Hahn selbstverständlich ersetzen!“
Sagt der Bauer: „Ein Mann, ein Wort! Dann kommen Sie morgen Früh um vier zum Krähen!“**

Im Wald schnippelt ein junger Mann an der Rinde eines Baums herum.
Dabei erwischt ihn der Förster: „Das geht aber nicht, dass Sie da was in die Rinde einschnitzen!“
Sagt der junge Mann: „Ich schnitz ja überhaupt nichts ein! Ich radiere nur aus!“

„Du hast ja einen superschicken Wagen!“
„Das bin ich meinem Geschäft schuldig!“
„Und woher hast du das viele Geld?“
„Das bin ich meinem Geschäft schuldig!“

Der Juwelier spricht der Dame im Trauerflor sein Beileid aus. „Ich danke Ihnen“, sagt sie, „aber nun zum eigentlichen Grund meines Kommens! Mein Mann hat mir 30 000 Euro für einen Gedenkstein hinterlassen! Könnten Sie mir wohl einige Steine in dieser Preislage zeigen?“

Rudi wird zur Bundeswehr eingezogen und dabei gefragt, zu welchem Truppenteil er möchte.
„Zum Generalstab des Heeres“, antwortet er selbstbewusst.
„Sind Sie verrückt, junger Mann?“
„Nein, wieso! Ist das Bedingung?“

Ein Futtermittelvertreter kommt auf den Bauernhof und fragt den Knecht nach dem Hofbesitzer.
Sagt der Knecht: „Der ist im Schweinestall. Sie erkennen ihn an seiner Pudelmütze!“

Die Bankangestellten stehen mit hoch erhobenen Händen hinter den Schaltertischen, denn vor ihnen haben sich Bankräuber mit Masken aufgepflanzt – MPs in den Händen. Einem der Angestellten gelingt es trotz der Gefahr, einen im Boden eingelassenen Alarmknopf zu drücken. Trotzdem kommt und kommt die Funkstreife nicht. Die Bankräuber entkommen mit einer halben Million Euro. Plötzlich klingelt das Telefon in der Bank. Am anderen Ende der Leitung meckert ein Polizeibeamter: „So eine Sauerei! Passen Sie doch besser auf! Jetzt stehen Sie schon seit einer geschlagenen halben Stunde mit Ihrem Fuß auf dem Alarmknopf!“

Zwei Mechaniker kontrollieren ein Auto:
„Scheinwerfer?“
„Gehen!“
„Rücklichter?“
„Gehen!“
„Blinklichter?“
„Gehen … gehen nicht … gehen …!“

„He, Bauer! Ihre Kühe springen wie verrückt im Stall herum!“ „So ein Mist! Muss die Melkmaschine wieder Kurzschluss haben!“

Opa steigt mit dem neuerworbenen Hörgerät ins Taxi ein. Meint der Fahrer während der Fahrt: „Ja, ja! Es ist schon ein Kreuz, wenn man behindert ist! Sie können nicht hören, und ich bin fast blind!“

Pinsl schreibt einen empörten Leserbrief an den Lexikon-Verlag: „Es ist eine Zumutung“, schreibt er, „dass man in Ihrem sündhaft teuren Lexikon noch nicht mal das Wort Hübnose findet!“

„Angeklagter, warum haben Sie den Kläger auf offener Straße verprügelt?“
„Euer Ehren, es war mir bei meinen finanziellen Verhältnissen einfach nicht möglich, dafür den Sportpalast zu mieten!“

Fragt ein Mann im Fundbüro: „Ist hier ein 50-Euro-Schein abgegeben worden?“
„Nein! Nur ein 100-Euro-Schein!“
„Macht nichts! Ich kann wechseln!“

Fahrgast zum Taxifahrer: „Könnten Sie vielleicht einen Kilometer zurückstoßen? Für die ganze Strecke reicht mein Geld nicht!“

Verhandlung im Gerichtssaal: „Nun, was haben Sie angestellt?“, fragt der Richter den ersten von drei angeklagten Männern.
„Den Stein in den Kanal geworfen!“, antwortet der.
„Das ist kein Delikt! Freispruch!“, entscheidet der Richter.
„Und welche Straftat haben Sie begangen?“, fragt er anschließend den zweiten Angeklagten.
„Ich habe dabei geholfen, den Stein in den Kanal zu schmeißen!“
„Das ist auch kein Verbrechen! Freispruch!“, sagt der Richter. Dann zum dritten: „Und weshalb sind Sie nun angeklagt?“
Sagt der dritte: „Ich bin der Stein, Euer Ehren! Hubert Stein!“

„Herr Oberfeldwebel, der oberst…“
„Mensch, es heißt der Herr Oberst, Sie Knallkopf!“
„Zu Befehl, Herr Oberfeldwebel! Also, der Herr oberste Knopf an Ihrem Hosenlatz steht offen!“

„Angeklagter! Sie haben also zwei Schweine gestohlen! Hat die Stalltür offen gestanden oder war sie verschlossen?" „Offen gestanden, sie war verschlossen!"

Fragt der Chef seine neue Sekretärin: „Fräulein Pöschl, was steht nächste Woche in meinem Terminkalender?"
Antwort: „Montag, Dienstag, Mittwoch …!"

Werkstattbesitzer zu seinem Tankwart: „Es gibt drei Autofahrertypen: Solche, die ihren Wagen selbst waschen.
Solche, die ihren Wagen waschen lassen …"
„Und der dritte Typ?"
„… solche, die warten, bis Regen kommt!"

Sprechstundenhilfe zum zerstreuten Professor:
„Herr Professor! Im Wartezimmer sitzt eine Maus auf dem Fensterbrett!"
Professor, ganz in seine Papiere vertieft: „Soll warten, bis sie an der Reihe ist wie alle anderen auch!"

Zwei alte Omas sprechen ausführlich über ihre Zipperlein.
Die eine klagt vor allem über ihren Rheumatismus.
Die andere meint: „Das habe ich auch. Mir hat dagegen Petroleum sehr gut geholfen!"
Sagt die andere: „Habe ich ja längst probiert! Nur, ich kriege Sodbrennen drauf!"

Der junge Polizist wird examiniert: „Und wie zerstreut man eine Volksmenge?"
Der Prüfling: „Man nimmt die Mütze ab und sammelt!"

Zwei junge Mädchen sitzen im Ballsaal und beobachten ein anderes, das ständig an einem Spiegel vorbeitanzt und sich selbstgefällig zulächelt.
Fragt die eine der jungen Damen: „Nicht auszuhalten, wie eitel die Ziege ist, oder?"
Sagt die andere: „Eitel findest du das? Ich finde es tapfer!"

Platzanweiser zum Besucher, der sich verspätet hat: „So seien Sie doch leise! Die Oper hat schon längst begonnen!"
„Wieso, schlafen schon alle?"

Herr Wagenbrenner ist auf der Behörde und soll seinen Beruf angeben: „Ich bin Tischler!"
„Gut! Bau- oder Möbeltischler?"
„Nein, Herr Rat! Eher Stammtischler!"

„Verkauft dein Vater immer noch Bananen?"
„Nein! Man hat ihm gekündigt, weil er die krummen immer weggeschmissen hat!"

„Und Sie halten sich für den Posten eines Nachtwächters gut geeignet?"
„Natürlich! Beim kleinsten Geräusch bin ich wach!"

Der Elektriker vor der Wohnungstür: „Unverschämtheit! Bestellen einen her, um die Klingel zu reparieren, und dann macht kein Aas auf, wenn man klingelt!"

„Was sind Sie denn von Beruf?"
„Straßenhändler!"
„Interessant! Und was kostet bei Ihnen so der Meter?"

Will ein Besucher vom Bauern Knüppeldick wissen:
„Wie viel Milch geben denn Ihre Kühe so pro Tag?"
Knüppeldick: „Na ja, so circa 65 Liter!"
„Und wie viel verkaufen Sie davon?"
„Na ja, so circa 87 Liter!"

In der Werkstatt: „So! Ich habe Ihnen vier neue Kerzen eingesetzt!"
„Ist ja sehr freundlich von Ihnen, aber wir haben schon einen Adventskranz!"

Der Maurergeselle Ludwig Fröschl hat auf dem Bau als Brotzeit ein großes Stück Limburger Käse mit. Aus Dämlichkeit hat er ihn aber in die pralle Sonne gelegt. Als der Ludwig nun nach einer Weile mit dem Zementkübel vorbeikommt, sieht er, wie der Limburger Käse schmilzt und zu laufen anfängt.
Darauf sagt er: „Sieh dich ruhig ein bisschen um! Aber dass du mir zur Brotzeit ja wieder zurück bist!"

Ein Sänger singt bei einem Agenten eine Arie vor.
Der Agent nickt ergriffen, als der Künstler ausgeschmettert hat, und sagt: „Hut ab! Sie wären für Caruso ein guter Ersatz gewesen!“
„Nicht wahr?“
„Ja. Sie hätten für ihn sterben sollen!“

Sam ist schon eine ganze Weile arbeitslos. Am Ende ist er so verzweifelt, dass er sich am Strand von Miami als Lebensretter bewirbt.
Er wird gefragt: „Können Sie schwimmen?“
Sagt Sam: „Das nun weniger! Aber waten kann ich wie ein Wilder!“

Eine junge Tänzerin ist kurz vor der Aufnahmeprüfung ins Stadttheater.
Vor dem Portal probiert sie noch ganz schnell ein paar sehr komplizierte Tanzfiguren aus.
Bleibt ein alter Herr stehen und sagt: „Fräuleinchen, gleich um die Ecke ist ein Örtchen!“

Ein Knacki wird im Gefängnis vom Pech verfolgt. Zuerst werden ihm die Mandeln entfernt. Danach quetscht er sich das Bein bei der Arbeit so schlimm, dass es amputiert werden muss. Dann kommen seine Zähne raus und zum Schluss der Blinddarm. Als er in seine Zelle zurückkehrt, droht ihm der Wärter mit dem Finger: „Jetzt ist aber Sense! Meinst du, ich bin blöd und merke nicht, dass du portionsweise türmen willst?“

Steht ein Installateur vor der Wohnung von Frau Meier-Müller. „Sind Sie die Frau Rieplhuber?“ „Nein, die bin ich nicht!“ Schimpft der Installateur: „So sind die Leute! Einen erst verrückt machen wegen Wasserrohrbruch und dann kneifen!“

„Minna!“, schreit Frau Piesepampel. „Was klappert denn so im Kinderzimmer?“
„Das Baby klappert mit den Zähnen, gnä’ Frau!“
„Aber es hat doch noch gar keine!“
„Es sind ja auch die vom gnädigen Herrn!“

Sitzt ein Mann auf der Parkbank und sonnt sich. Plötzlich merkt er, dass sich sein Nachbar energisch kratzt. Entsetzt rückt er weg und fragt entrüstet: „Haben Sie etwa Flöhe, Herr?“ Sagt der: „Ich bin doch kein Hund, Sie! Läuse hab ich!“

„Ja, was fällt dir denn ein, beim Arbeiten zu rauchen, Lümmel?"
„Aber Meister, ich arbeite ja gar nicht!"

„Wo kommst du denn her, Ede?"
„Aus dem Knast!"
„Weshalb warst du eingesperrt?"
„Wegen Beamtenbestechung!"
„Woher hast du denn so viel Geld gehabt?"
„Ich hab 'n nicht mit Geld bestochen, sondern mit dem Messer!"

Auf dem Kasernenhof.

„Wie heißt der Rekrut mit der offenen Jacke, Unteroffizier?"
„Schmidt, Herr Feldwebel!"
„Und was ist er von Beruf?"
„Kalkulator, Herr Feldwebel!"
„Wohl wahnsinnig geworden, Mann! Erstens heißt das Kalkutta! Und zweitens habe ich Sie nicht gefragt, woher er ist, sondern was er ist! Abtreten!"

Der Zeitungskäufer ist außer sich vor Empörung.
„Warum schreien Sie denn dauernd ‚Großer Schwindel! 80 Opfer!', wenn davon kein Wort in Ihrem Schmierblatt steht?"
Schreit der Zeitungsjunge: „Großer Schwindel! 81 Opfer!"

Fräulein Gruber hat einen so gesunden Schlaf, dass sie jeden Morgen mit beachtlicher Verspätung ins Büro kommt. Als es nicht mehr so weitergeht und ihr die Kündigung angedroht wird, sucht sie einen Arzt auf, der ihr helfen soll. Der Doktor verschreibt ihr denn auch ein passendes Mittel, und Fräulein Gruber wacht tatsächlich pünktlich um sieben Uhr auf. Als sie frisch und munter ins Büro kommt, brüllt ihr der Chef entgegen: „Fräulein Gruber! Können Sie mir erklären, wo Sie die vergangenen drei Tage gesteckt haben, zum Donnerwetter?“

Auf dem Jahrmarkt preist ein fliegender Händler einen Superkamm an, der unzerbrechlich sein und ewig halten soll. Er biegt den Kamm nach allen Seiten, er drückt und presst ihn, da macht es knacks, und der Superkamm ist zerbrochen.
Schreit der Straßenhändler nach der ersten Schrecksekunde: „Und so, Damen und Herren, so sieht der Kamm von innen aus!“

In der Stadtapotheke ist ein neuer Gehilfe eingestellt worden. Bald stellt sich heraus, dass der Neue zu gern in die Flasche guckt, ja, er vergreift sich, zum Entsetzen des Apothekers, sogar am Methylalkohol. Der Apotheker klebt also ein Etikett auf die Flasche: „Vorsicht! Bei Genuss droht Erblindung!“ Am nächsten Tag ist die Flasche nur noch halb voll. Neben dem Etikett klebt ein Zettel: „Ein Auge riskier ich.“

Der Richter will das Alter der Zeugin wissen.
Doch die bleibt stumm und schweigt störrisch.
Richter drohend: „Wenn Sie nicht antworten,
lasse ich Sie vom Publikum schätzen!"

Gebrauchtwagenhändler zum Kunden: „Der Sportwagen da hinten macht bestimmt noch seine 160 Kilometer!"
Kunde: „In der Stunde oder alles in allem?"

Der Zeitungsreporter besucht einen Hundertjährigen und will von ihm wissen: „Und worauf führen Sie dieses gesegnete Alter zurück?"
Opa: „Kann ich noch nicht sagen! Ich bin noch mit zwei Frühstücksflockenfirmen und drei Fruchtsaftfabrikanten in Verhandlung!"

Der alte Seebär zu den Landratten: „Der Dampfer, den ich hatte, war zwar kein Rieseneimer, aber ich bin auf ihm doch ganz schön in der Welt rumgekommen! Ich habe alle Erdteile gesehen außer Amerika, Asien, Afrika und Australien!"

Protzkes haben einen neuen Chauffeur für ihren Superschlitten angestellt. Mit seinen Leistungen ist man zwar zufrieden, aber Frau Protzke stellt fest, dass der neue Fahrer ziemlich ungepflegt ist. Jeden Morgen ist er unrasiert. Um den Mann aber nicht zu verärgern, möchte Frau Protzke ihm auf Umwegen klarmachen, dass eine tägliche Rasur sehr erwünscht wäre.
Deshalb hebt sie eines Tages an: „Johannes, wie oft muss man sich eigentlich rasieren?"
Sagt der mit einem kurzen Blick auf seine Chefin: „Ich glaube, bei Ihnen genügt alle drei Tage!"

Der Gefängnispfarrer zu Panzerknacker-Emil am Tag seiner Entlassung aus dem Gefängnis: „Ich würde Ihnen draußen jetzt gern behilflich sein!"
Sagt Emil: „Ehrt mich, Hochwürden! Aber Tresorknacken ist nicht so leicht, wie Sie denken!"

Eine Frau schreibt ihrem Mann ins Gefängnis: „Lieber Ede! Unsere Kinder sind jetzt in einem Alter, wo sie anfangen, Fragen zu stellen. Sie wollen wissen, wo du die Beute versteckt hast!"

Fragt der Quizmaster den Kandidaten:
„Was ist der Unterschied?"
„Zwischen was, bitte?"
„Tut mir leid! Helfen darf ich Ihnen nicht!"

Fragt der Wohnungsinhaber seinen wutschnaubenden Mieter: „Wie kommen Sie zu der Behauptung, dass die Wohnung schlecht schallisoliert ist?"
Mieter: „Das kann ich Ihnen sagen! Als ich gestern meine Frau nach der Uhrzeit gefragt habe, bekam ich von den anderen Mietern vier verschiedene Zeitansagen!"

Bei der Bundeswehr wird Munition ausgegeben. Warnt der Offizier: „Vorsicht, Männer! Neulich sind bei dieser Gelegenheit zehn Mann in die Luft geflogen!"
Sagt Schmittchen: „Och, das kann uns nicht passieren! Wir sind ja nur fünf!"

Fragt ein Sportreporter den Fußballer: „Und was empfinden Sie, wenn Ihre Mannschaft gewinnt?"
„Kann ich Ihnen leider nicht sagen, ich bin erst zwei Jahre bei diesem Verein!"

Die Wahrsagerin zu ihrem Besucher: „Ich gratuliere Ihnen, mein Herr! Die Sterne stehen für Sie ausgesprochen günstig! In den nächsten Monaten werden Sie mit keiner einzigen Krankheit zu tun haben!"
Stöhnt der Kunde: „Um Gottes willen, ich bin Arzt!"

Verteidiger zu einem kleinen Ganoven:
„Ich bin zuversichtlich, dass Sie bei der Verhandlung mit einem blauen Auge davonkommen werden!“
Sagt der: „Aber, Herr Anwalt, es wird doch hoffentlich keine Schlägerei geben?“

Karl zum Fahrradmechaniker: „Würden Sie mir bitte eine neue Klingel anbringen?“
„Gern! Aber die Bremsen sind auch nicht in Ordnung!“
„Weiß ich! Deshalb brauche ich ja die neue Klingel!“

„Unser Heinrich ist jetzt auf der Universität!“
„Was studiert er denn?“
„Studieren tut er nicht gerade, aber er deckt das Dach!“

„Hier ist der Mietvertrag“, sagt der Hauswirt zum zerstreuten Professor, der gerade die Wohnung besichtigt, „Sie müssen nur noch unterschreiben!“
Wendet der Professor sich an seine Frau: „Was meinst du, Isolde, sollen wir nun abonnieren oder nicht?“

Treffen sich zwei Antiquitätenhändler:
„Wie geht es denn Ihrer Tante?“
„Schlecht! Sie ist gestorben!“
„Was hatte sie denn?“
„Ach, nichts Besonderes! Einen Biedermeierstuhl, eine Barockkommode und eine gotische Kirchenbank!“

Stellt sich ein Mann beim Zirkus vor: „Ist die Position des Dompteurs noch frei?“
„Tut mir leid! Schon besetzt! Schauen Sie doch morgen wieder vorbei!“

Zwei hohe Offiziere sitzen im Kasino und prahlen mit den Leistungen ihrer Kompanien.
Der eine gibt ganz besonders an: „In meiner Kompanie ist einer, der isst drei Kommissbrote auf einmal!“ Der andere wettet darauf, dass das nicht möglich ist. Am anderen Abend wird der phänomenale Rekrut dann auch zur Wette gebeten. Man drückt ihm drei Kommissbrote in die Hand, die er nun langsam anfängt zu verspeisen. Er isst das erste Brot, doch beim zweiten fängt er schon an zu würgen, das dritte Brot schafft er mit Ach und Krach nur zur Hälfte. Der Angeber hat seine Wette verloren.
Am nächsten Morgen knöpft er sich den Versager vor und fragt: „Mensch, bisher hat das doch immer geklappt mit den drei Broten, was war denn nur mit Ihnen los?“
Sagt der bekümmert: „Ich versteh es auch nicht! Als ich eine Stunde vor der Wette noch trainiert habe, ging alles hervorragend!“

„Müller, Ihr Gewehr ist ja total dreckig! Wissen Sie nicht, dass das Gewehr die Braut des Soldaten ist?“
„Das schon, aber ich habe mich entlobt!“

Die Rekruten sollen ihren Sold bekommen.
Der Oberfeldwebel liest die Namen von der langen Liste herunter, und jeder Aufgerufene nimmt sein Geld in Empfang.
„Müller?“
„Hier!“
„Hinze?“
„Hier!“
„Lehmann?“
„Hier!“
„Übertrag?“ Niemand meldet sich.
„Übertrag!“
Keine Reaktion.
„Übertrag!“ Nichts.
Da wettert der Oberfeldwebel los: „Kriegt das meiste Geld und ist nicht einmal gekommen!“

Der Chef überrascht den Stift, wie der gerade die kleine Verkäuferin abküsst.
Schimpft er: „Merken Sie sich ein für alle Mal! Sie sind hier nicht als Lippenstift angestellt!“

Chef zum Lehrjungen: „Jetzt schläfst du während der Dienstzeit schon über eine halbe Stunde, Bengel!“
„Aber Chef, immerhin habe ich vom Geschäft geträumt!“

Der neue Buchhalter hat einen gesunden Schlaf. Kurz nach seiner Ankunft im Büro fällt ihm der Kopf auf den Schreibtisch, und er fängt an zu schnarchen. Gegen Mittag wecken ihn seine Kollegen: „Aufwachen!" Hebt der Neue kurz seinen Kopf und murmelt: „Lasst mich, ich arbeite heute durch!"

Ein Geschäftsmann leidet unter Schlaflosigkeit.
Ein Bekannter empfiehlt ihm, beim Einschlafen Schafe zu zählen. Am nächsten Morgen trifft man sich wieder, doch der Geschäftsmann ist noch erschöpfter als am Tag vorher.
„Ja, hat mein Rat denn überhaupt keinen Erfolg gebracht?", will sein Bekannter wissen.
Berichtet der Geschäftsmann: „Als ich bei 60 000 Schafen angekommen war, habe ich angefangen, sie zu scheren. Dann habe ich 60 000 Mäntel aus ihnen gemacht. Dann tauchte das Problem auf: Wo kriege ich Innenfutter für 60 000 Mäntel auf die Schnelle her und 30 000 Heimarbeiter zum Knöpfeüberziehen? Wo bringe ich die geschorenen Schafe billig unter? Woher das Futtergeld nehmen, ohne Kredit und Zinsbelastung? Als ich die Probleme allmählich gelöst hatte, klingelte der Wecker!"

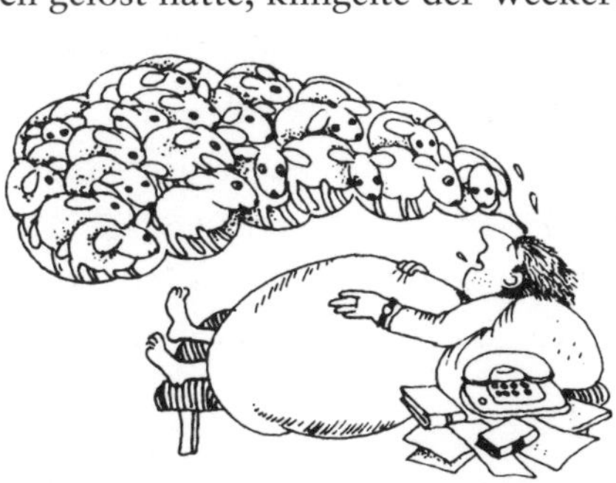

Stürmt der Stammkunde in seinen Frisiersalon und drückt dem Meister fünf Euro in die Hand. Sagt der erfreut: „Das haben Sie ja noch nie getan, mir das Trinkgeld im Voraus zu geben!" Sagt der Kunde brummig: „Ist kein Trinkgeld, ist Schweigegeld!"

Der Polizist hält einen Autofahrer an, der gegen die Einbahnstraße fährt: „Wo wollen Sie denn hin?" „Irgendwo in dieser Gegend muss der ‚Goldene Ochse' sein. Dort habe ich Versammlung! Aber ich sehe gerade, ich komme sowieso schon zu spät, die anderen kommen ja schon alle zurück!"

Sagt der Chef zu seinem Lehrjungen: „Du bist jetzt drei Jahre in meiner Firma in der Lehre gewesen und hast eine Menge gelernt. Und heute machen wir Bankrott, damit du das auch lernst!"

Fragt eine Kundin die Gemüsefrau: „Sagen Sie mal, Orangen aus Spanien, Melonen aus Kalifornien, Kartoffeln aus Holland … muss das denn sein?"
Gemüsefrau: „Was haben Sie denn dagegen? Wollen Sie die Sachen nun essen oder mit ihnen reden?"

Der Chef ist über die Stenotypistin wütend und beschimpft sie: „Sie großer weißer Vogel, Sie!" Ein Besucher will wissen, was das bedeuten soll.
Sagt der Chef: „Wenn ich ‚Sie dumme Gans!' sage, kriege ich Ärger mit dem Betriebsrat!"

Bei der Anwaltskanzlei Huber, Huber & Huber ruft ein Klient an: „Ich möchte gern Herrn Huber sprechen!"
„Tut mir leid, Herr Huber ist verreist!", wird ihm geantwortet.
„Dann möchte ich Herrn Huber sprechen!"
„Bedaure, er hat einen Termin bei Gericht!"
„Dann möchte ich Herrn Huber sprechen!"
„Am Apparat!"

Zwei Bauarbeiter machen mit ihren Presslufthämmern einen Höllenlärm.
Während der Mittagspause sagt der eine: „Ich hab umgesattelt. Früher war ich ja Schulbusfahrer. Aber den Lärm hab ich einfach nicht ausgehalten!"

Ein Junge, der gerade aus der Schule gekommen ist, bewirbt sich um eine Lehrstelle.
Sagt der Meister: „Gut, du kannst in meinem Betrieb anfangen. Zu Anfang bekommst du 400 Euro und nach einem halben Jahr 600 Euro."
Sagt der Junge: „Gut! Dann komme ich in einem halben Jahr wieder!"

Feldwebel: „In drei Minuten sind alle auf dem Kasernenhof angetreten!"
Rekrut: „Darf's auch ein bisschen früher sein?"

Im Kaufhaus gibt's einen Sonderposten: Damenhüte für zwei Euro das Stück. Der Stand wird von den Damen heiß umkämpft.
Auch Frau Müller ergattert am Ende eine der begehrten Kopfbedeckungen.
Sie drängelt sich zur Kasse vor, zahlt und ruft: „Nicht einpacken! Ich behalte den Hut gleich auf!"
„Aber Ihren alten Hut können wir Ihnen doch wenigstens einpacken?"
„Nein danke, soeben verkauft!"

Fragt der neu ausgebildete Fallschirmspringer: „Und was mache ich, wenn der Schirm nicht aufgeht?"
Ausbilder: „Dann halten Sie die linke Hand hoch, damit Ihre Armbanduhr nicht kaputtgeht!"

In der Straßenbahn sitzt ein Mann mit einem tief betrübten Gesicht. Ihm gegenüber haben zwei Männer Platz genommen. Sagt der eine zum anderen: „Du, guck mal, warum der da drüben wohl ein so trauriges Gesicht macht?"
Sagt der andere: „Dem ist sein Portmonee geklaut worden!"
„Wie kannst du das denn wissen?"
„Ich hab's!"

Der Mieter brüllt durchs Treppenhaus: „Hören Sie endlich auf, Trompete zu blasen! Ich werd noch verrückt davon!"
Stimme von oben: „Schon passiert! Seit einer Stunde blase ich nicht mehr!"

Der Kunde in der Autowerkstatt ist begeistert und lobt einen Mitarbeiter in den höchsten Tönen: „Das ist mal ein Service hier bei Ihnen! Ihr Mitarbeiter ist ja fabelhaft! Zuerst tankt er meinen Wagen bis zum Rand voll, ohne einen Tropfen zu verschütten! Dann macht er die Motorhaube so vorsichtig zu, dass kein Geräusch zu hören ist! Und dann hat er auch noch alle Fingerabdrücke, die er hinterlassen hat, sorgsam abgewischt! Dann ist er mit meinem Auto behutsam fortgefahren, sicher, um die Bremsen zu überprüfen! Ich kann bloß nicht verstehen, warum er dafür nun schon eine ganze Stunde braucht?"

Michael geht zum Friseur.
„Wie willst du's denn gern haben?", fragt der.
Michael: „Am liebsten umsonst!"

Der Dichter erzählt seiner Frau: „Letzte Nacht bekam ich kein Auge zu. Doch da schoss mir eine wunderbare Idee für ein Gedicht durch den Sinn. Leider, als ich die Lampe angeknipst habe, um mir Notizen darüber zu machen, war die Idee fort, ich konnte mich an nichts mehr erinnern!"
Sagt die Dichtersgattin: „Da kannst du mal wieder sehen, was für eine wohltätige und segensreiche Erfindung die Elektrizität ist!"

„Ich hätte gern ein Paar Autohandschuhe!"

„Welche Nummer?"
„HB – 3495!"

„Sie haben mir versichert, dass ich mit diesem Radio alle Sender empfangen kann!"
„Ja und, können Sie es denn nicht?"
„Schon, schon! Aber immer nur alle zusammen!"

„Was hast du zu Weihnachten bekommen?"
„Ach, das Übliche! Katapult! Sieben Bälle! Luftgewehr!"
„Ist doch toll! Aber eine komische Mischung!"
„Überhaupt nicht. Mein Vater ist Glaser!"

Der Regisseur erklärt seinem Star die Szene: „Sie springen jetzt in den Fluss und kraulen, als ob der Weiße Hai hinter Ihnen her wäre!"
„Entschuldigen Sie, aber ich bin Nichtschwimmer!"
„Keine Sorge! Wird ja auch Ihre letzte Szene sein!"

Herr Ober, zahlen!

Ein Mann sitzt in einem vornehmen Restaurant und speist fürstlich.
Nach dem Hauptgang ruft er den Ober: „Und jetzt bitte noch Vanilleeis mit heißen Himbeeren, bevor der Wirbel losgeht!"
Als er mit dem Eis fertig ist, bestellt er weiter: „Eine Flasche Champagner möchte ich auch noch trinken, bevor der Wirbel losgeht!"
Als der Ober die Flasche bringt, kann er sich die Frage nicht verkneifen: „Von was für einem Wirbel sprechen Sie da eigentlich, mein Herr?"

Gast: „Na, ich meine den Wirbel, der losgeht, weil ich die Rechnung nicht bezahlen kann!"

In einem bayerischen Wirtshaus ist ein Heimatabend mit Musik geplant.
Fragt der Wirt: „Ist der Zitherspieler denn noch nicht da?"
Ober: „Keine Sorge, Chef! Der sitzt längst in der Tiefkühltruhe und macht sich fit!"

Das Schnitzel ist zäh wie eine Schuhsohle. Wütend säbelt der Gast an dem Fleisch herum.
Am Ende lässt er den Wirt kommen: „Diese Zumutung nehmen Sie auf der Stelle zurück!"
Wirt: „So geht's ja nun nicht, mein Herr! Nachdem Sie es total verbogen haben!"

Klinkenputzer ist auf Geschäftsreisen. Am Abend bestellt er im Berggasthof, fern jeden öffentlichen Verkehrsmittels, eine gebratene Taube. Doch das Tier leistet Widerstand, nicht ein einziges Stückchen Fleisch kann er herunterschneiden. Am Ende stößt Klinkenputzer auf eine kleine Bleihülse. Er öffnet sie neugierig und liest: „Sturmangriff im Morgengrauen! Napoleon!"

Ein Gast entdeckt in seinem Gulasch ein Stück Holz. Wütend fährt er den Kellner an: „Lieber Freund, das Pferd lass ich mir ja noch gefallen. Aber Pferd mit Wagen geht zu weit!“

Ein Betrunkener torkelt in die Kneipe und stellt sich neben einem Jäger an den Tresen.
Fragt er: „Ha-haben Sie de-denn eigentlich scho-schon mal was gesch-geschossen?“
„Was denken Sie? Neulich sogar einen Achter!“
„Alle Achtung! Etwa mit Steuermann?“

Der feine Pinkel im Restaurant zum Ober: „Ich wünsche ein Filetsteak, medium gebraten, nicht zu dick, nicht zu dünn, das Fett bitte abschneiden, dazu ein paar Trüffeln, keine Zwiebeln, kein Knoblauch. Das Fleisch mindestens sechs Wochen abgehangen, sensibel gewürzt, und die Soße soll der Koch mit altem französischem Cognac verfeinern!“
Ober: „Sehr wohl, der Herr! Nun sagen Sie mir bitte auch noch, welche Blutgruppe das Rind haben soll und wie Sie den Zahnstocher wünschen: gotisch, barock, rokoko oder im Jugendstil?“

„… und als ich aus dem Wirtshaus kam, sehe ich doch, wie einer mit meinem eigenen Auto davonbraust!“
„Und – können Sie den Dieb beschreiben?“
„Das nicht! Aber ich habe mir die Autonummer notiert!“

In der Konditorei bestellt ein Herr: „Bitte ein Kännchen Kaffee und zwei Stück Schwarzwälder Kirschtorte."
Der Kellner: „Tut mir leid, Schwarzwälder Kirsch ist aus!"
„Macht nichts! Dann bringen Sie mir ein Kännchen Tee und zwei Stück Schwarzwälder Kirsch!"
Kellner, etwas lauter: „Wir haben keine Schwarzwälder Kirschtorte mehr! Schwarzwälder Kirsch ist aus!"
„Aber das ist doch nicht so schlimm! Dann bringen Sie mir eben ein Kännchen Schokolade und zwei Stück Schwarzwälder Kirschtorte!"
Der Kellner fährt nun endgültig aus seiner Haut: „**AUS!** Ich sage, **AUS!** Es gibt keine Schwarzwälder Kirschtorte mehr!"
Gast: „Verstehe! Dann bringen Sie mir eben nur zwei Stück Schwarzwälder Kirschtorte!"

„Herr Ober, was ist Schimmel?"
„Schimmel ist die Bezeichnung für ein weißes Pferd, mein Herr!"
„Und was hat ein weißes Pferd auf meinem Kompott zu suchen?"

„Es sieht ein wenig nach Regen aus“, meint die Wirtin, als sie einem Gast den Kaffee serviert. „In der Tat“, antwortet der, „aber wenn man etwas genauer hinsieht, merkt man doch, dass es Kaffee sein soll!“

Bedauernd sagt der Ober zum Gast: „Das Steak ist wohl ein bisschen zäh?“
Sagt der Gast beschwichtigend: „Halb so wild! Ich bin Schwertschlucker von Beruf!“

Giftet der Ober, als der Gast aus der Suppe einen Stofffetzen herausfischt: „Hatten Sie in einer Tagessuppe für 90 Cent im Ernst Brüsseler Spitzen erwartet?“

Sagt der Wirt zu seinem Gast beim Abräumen: „Sie kommen wohl aus Sachsen, Ihrer Mundart nach zu urteilen?“
Gast: „Und Sie waren früher wohl mal Betonierer, Ihrem Hackbraten nach zu urteilen?“

Der Gast blättert in der Speisekarte und scheint unschlüssig zu sein.
Kommt der Kellner und rät: „Darf ich Sie darauf aufmerksam machen, dass Schnecken eine Spezialität unseres Hauses sind?"
Gast: „Ist mir bekannt! Vorgestern hat mich eine bedient!"

Gast: „Herr Ober! Bringen Sie mir ein Schnitzel! Aber ein großes! Mich regt jede Kleinigkeit auf!"

„Was hat denn der Gast von Tisch acht ins Beschwerdebuch geschrieben?"
„Nichts! Er hat sein Kotelett reingeklebt!"

„Herr Ober! Der Schellfisch stinkt!"
„Das kann unmöglich sein, mein Herr! Er ist heute Morgen von der Nordsee zu uns gekommen!"
„Dann muss er zu Fuß gegangen sein!"

Ein Mann kommt täglich in das Restaurant des Eiffelturms. Nach vielen Wochen fragt der Ober: „Mein Herr, sind Sie so zufrieden mit uns, dass Sie uns täglich die Ehre geben?“ „Der Grund ist ein anderer“, knurrt der Mann, „hier ist der einzige Platz in der Stadt, wo man diesen verdammten Eiffelturm nicht ständig sieht!“

Geräuschvoll kratzt ein Gast mit seinem Löffel auch noch den letzten Rest Suppe vom Teller.
Der Ober naht taktvoll und flüstert dem Gast ins Ohr: „Gestatten Sie mir einen kleinen Hinweis? Die Schürflizenzen werden in unserem Landkreis auf dem Gemeindeamt vergeben!“

„Wünschen der Herr Weiß- oder Rotwein zum Menü?“
„Mir völlig egal, ich bin farbenblind!“

„Haben Sie noch einen Wunsch, mein Herr?“
„Ja, bringen Sie mir Geld, damit ich zahlen kann!“

Beschwert sich ein Gast: „Früher waren die Portionen hier bei Ihnen aber viel größer!"
Ober: „Das scheint nur so, mein Herr! Wir haben inzwischen das Lokal vergrößert!"

Ein Gast im Hot-Dog-Restaurant: „Eine Boulette, eine Pfeife und Streichhölzer!"
„Sehr wohl, der Herr! Aber wozu Streichhölzer und Pfeife?"
„Mir ist zu Ohren gekommen, dass man Ihre Bouletten in der Pfeife rauchen kann!"

Kommt ein Skelett in die Kneipe, setzt sich an einen Tisch und bestellt beim Ober: „Ein großes Helles, aber dalli! Und dass Sie mir nicht den Lappen vergessen!"

„Herr Ober! Bringen Sie mir sofort eine Pinzette!"
„Wozu denn eine Pinzette?"
„Mir fällt dauernd Ihr 900-Gramm-Holzfäller-Steak durch die Zinken meiner Gabel!"

Am Nacktbadestrand gibt es auch ein Restaurant. Meckert ein Mann mit dem Ober, der auch nackt serviert.
„Ich verstehe kein Wort von dem, was Sie sagen! So sprechen Sie doch deutlicher!"
Ober: „Dasch geht leider nicht! Habe schwischen den Schähnen mein gansches Weschelgeld!"

„Verzeihung! Sind wir uns nicht schon einmal im Winter im Café Dubenhubel begegnet, mein Herr?“
„Seltsam, dass Sie mich nach so langer Zeit wiedererkennen!“
„Sie nicht! Aber Ihren Mantel!“
„So? Den hatte ich damals aber noch gar nicht!“
„Aber ich!“

Gast: „Das Schnitzel schmeckt wie ein alter Hauslatschen, den man mit Zwiebeln eingerieben hat!“
Ober: „Donnerwetter! Was Sie nicht schon gegessen haben?“

Im Café beschwert sich der Stammgast: „Kellnerin! Was soll denn hier der Kaffeesatz in meiner Tasse bedeuten?“
„Weiß der Kuckuck. Ich bin hier zum Servieren, aber nicht zum Wahrsagen!“

Der Wirt höflich: „Schmeckt Ihnen unser Wein, mein Herr?"
Gast: „Ausgezeichnet! Nur vermisse ich das Öl und den frischen Salat dazu!"

Der Herr im Restaurant: „Bringen Sie mir Tafelspitz mit Kartoffelklößchen!"
Ober: **„Ist nicht mehr da!"**
„Dann bringen Sie mir eben Würstchen mit Kartoffelsalat!"
Ober: **„Ist nicht mehr da!"**
„Dann eben Strammen Max!"
Ober: **„Ist nicht mehr da!"**
„Donnerwetter! Dann bringen Sie mir Hut, Mantel und Schirm!"
Ober: **„Ist nicht mehr da!"**

Der Gast im Dorfgasthof: „Herr Wirt! Was war denn das für ein Hahn gestern Abend, den Sie mir serviert haben?"
Wirt: „Was soll denn mit dem gewesen sein?"
Gast: „Ist mir nicht gut bekommen! Um vier Uhr in der Früh war ich wach und konnte nicht mehr einschlafen!"
Wirt mit Tränen in den Augen: „Ja, ja! Vier Uhr, da hat er uns immer geweckt!"

Sonntagsjäger und ihre Kollegen

Ein Freizeitmaler malt im Zoo Elefanten.
Ein Wärter sieht ihm eine Weile zu, betrachtet das entstehende Werk und meint dann: „Junger Freund, an Ihrer Stelle würde ich mir ein anderes Motiv suchen, Elefanten sind nämlich nachtragend!“

In tiefem Schweigen stehen zwei Angler am Fluss.
Vier Stunden vergehen.
Da fängt der eine plötzlich an zu meckern:
„Jetzt hast du schon wieder deinen Fuß bewegt!
Sind wir hier beim Angeln oder beim Tanzen?“

Ein Mann hat einen winzigen Fisch geangelt.
Wütend wirft er ihn ins Wasser zurück: „Lass dich hier nie wieder ohne deine Eltern blicken!“

Zwei Freunde stehen am See und angeln. Zuerst holen sie einen vergammelten Eimer heraus, dann einen verrosteten Teekessel, einen morschen Schuh und ein altes Bügeleisen. Sagt der eine: „Lass uns bloß abhauen! Da unten wohnt einer!"

Es gießt in Strömen. Der Fußballplatz steht total unter Wasser. Trotzdem soll das Spiel nicht ausfallen. Vor dem Anpfiff fragt der Kapitän seine Mannschaft: „Na, Jungs? Wollen wir erst mit der Strömung spielen oder dagegen?"

„Mein Mann kommt vom Angeln immer furchtbar nervös zurück!", klagt Frau Moser ihrer Nachbarin. „Verstehe ich nicht", meint die, „ich denke, Angeln beruhigt?" Frau Moser: „Im Prinzip schon, aber nur wenn man einen Angelschein hat!"

„Sag mal, warum geht denn dein Vater im Matrosenanzug in den Wald? Er ist doch Jäger?"
„Der ist ein ganzer Schlaumeier! Wenn ihn die Rehe jetzt sehen, denken sie, er geht angeln!"

Zwei Spieler tauschen ihre Erfahrungen aus.
„Wie kommt es", fragt der eine, „dass du beim Kartenspielen immer gewinnst und beim Pferderennen ständig verlierst?"
Antwortet der andere: „Versuch du doch mal, ein Pferd im Ärmel zu verstecken!"

„He, Sie da", mosert der Polizist, „hier dürfen Sie aber nur mit Erlaubnis angeln!"
Angler: „Danke für den guten Tipp! Bisher habe ich es immer mit Würmern versucht!"

„Ich weiß schon, dass es ein Horror-Film ist", sagt Monika zur Frau an der Kinokasse, „aber ich hatte keine Ahnung, dass es schon beim Eintrittspreis anfängt!"

Ein Kunstsammler besucht mal wieder sein Antiquitätengeschäft und fragt den Händler, ob er ihm etwas Besonderes anzubieten habe.
Der Antiquitätenhändler bringt daraufhin eine große, zwei Meter lange und einen halben Meter breite Schachtel.
Er erklärt: „Hier habe ich für Sie ein ostsibirisches Klosett aus dem 17. Jahrhundert!
Eine Rarität!"
Der Sammler ist beeindruckt, zahlt einen horrenden Preis und verstaut die Mordsschachtel in seinem Wagen.
Doch nach einer Stunde stürmt er wütend in den Laden zurück und wirft zwei einfache Stangen auf den Ladentisch: „Für diese lumpigen Stöcke verlangen Sie 500 Euro? Das ist ja eine Unverschämtheit!"
Beteuert der Händler: „Aber mein Herr, das hat durchaus seine Richtigkeit! Es handelt sich wirklich um ein antikes ostsibirisches Klosett! Sehen Sie, der kleinere Stock da wird zum Festhalten in den Boden gesteckt und mit dem großen da werden die Wölfe vertrieben!"

Der Wilderer schleicht mit dem Rehbock auf der Schulter nach Hause.
Da brüllt der Jäger: „Stehen bleiben, Wilderer!“
Sagt der empört: „Wieso Wilderer? Ich bin doch kein Wilderer!“
„Lüg doch nicht! Du hast ja einen Rehbock auf dem Rücken!“
Blickt sich der Wilderer erstaunt um und fährt zusammen: „Ui! Ein Viech!“

Ein Bauer geht mit seiner Bäuerin in der Großstadt zum ersten Mal in seinem Leben ins Theater. Dort wird ein Trauerspiel aufgeführt, in dessen Verlauf der Held nach grausamen Schicksalsschlägen am Ende seine gepeinigte Seele aushaucht.
Bleich und tränenumflort schleicht sich der Bauer mit seiner Frau aus dem Theatersaal davon.
Als die Bäuerin im Gang einen Saaldiener sieht, fragt sie unter Tränen: „Sagen Sie doch bitte, wann ist denn die Beerdigung?“

Ein Tiermaler will Löwen und Tiger endlich einmal in freier Wildbahn malen. Also reist er zu seinem Freund nach Afrika, der ihm helfen soll, denn der kennt einen Geiger, der so wundervoll spielt, dass alle Löwen zahm wie die Lämmer werden. Der Geiger kommt auch, setzt sich in die Steppe und beginnt zu spielen. Die Löwen streichen ihm tatsächlich zärtlich um die Beine, schnurren wie die Kätzchen – und der Maler malt das Löwenbild seines Lebens.

Auf einmal trottet ein gewaltiger alter Löwe aus dem Gebüsch hervor, schnappt sich den Geiger und frisst ihn auf. Danach schnappt er sich den Maler und frisst ihn auch auf. Dann trottet der Alte wieder davon.

Sagt ein junger Löwe zum anderen: „Hab ich gleich geahnt, dass das passiert, wenn der Schwerhörige aufkreuzt!"

„Seit Peter zum Geburtstag Wasserskier bekommen hat, ist er mit den Nerven völlig fertig!"
„Wieso denn das?"
„Na, seit drei Wochen sucht er verzweifelt einen abschüssigen See!"

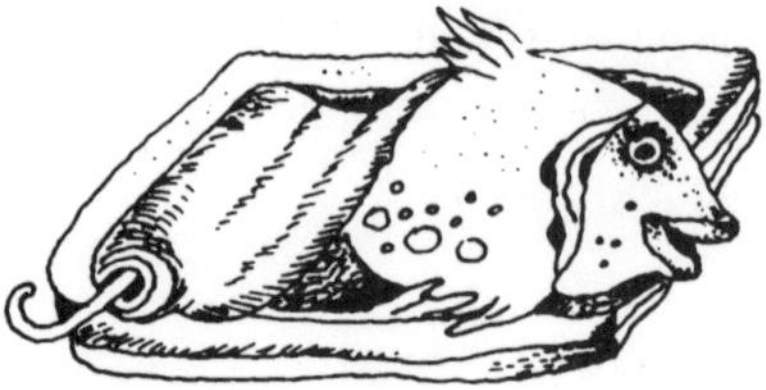

Erzählt ein Angler: „Der Fisch war so riesig, dass ich über eine Stunde gebraucht habe, bis ich ihn draußen hatte!“
Sagt ein Zuhörer: „Kenn ich, es ist schon ein Kreuz mit diesen Dosenöffnern!“

Vor der Jagd gucken die drei Jäger noch ordentlich ins Glas.
Am Ende ist einer der drei sturzbetrunken. Trotzdem klettern sie auf den Hochsitz. Ein Hase hoppelt unten vorbei.
Der erste Jäger ballert los: Daneben. Auch der zweite trifft nicht. Da nimmt der Sturzbetrunkene seine Flinte, drückt ab – und der Hase ist getroffen.
Sagen die zwei Nüchternen: „Ausgerechnet du musst den Hasen treffen!“
Meint der Betrunkene lallend: „Ja mei, das ist doch – hick – keine Kunst, wenn – hick – gleich ein ganzes Rudel vorbeikommt!“

Herr Müller nimmt seinen Jüngsten mit auf den Fußballplatz und setzt ihn auf seine Schultern, damit der Kleine besser sehen kann. Plötzlich nimmt er ihn herunter und versohlt ihm den Hintern.
Regt sich ein Nachbar auf: „Warum schlagen Sie denn Ihr Kind, Sie Unmensch?“
Sagt Müller: „‚Tor‘ schreien, das kann er! Aber ‚Pipi‘ sagen, das kann er nicht!“

Das Fußballspiel ist aus, alle drängeln sich aus dem Stadion. Paulchen steigt einfach über den hohen Zaun. Meckert der Platzordner: „He, Bürschen, kannst du nicht da rausgehen, wo du reingekommen bist?"
Paulchen: „Tue ich ja!"

Zwei Marathonläufer sind kurz vor dem Ziel auf gleicher Höhe. Da wirft sich der eine mit einem gewaltigen Sprung ins Ziel und gewinnt.
„Eine unglaubliche Leistung", lobt ein Sportreporter, „wie war das nur möglich?"
Der Läufer bescheiden: „Ach, halb so wild! Bei einem so langen Anlauf ...!"

Zwei alte Damen gehen zum ersten Mal zum Pferderennen.
Sie setzen auf das Pferd, das am hübschesten aussieht. Es ist ein totaler Versager, die Damen verlieren.
Sagt die eine: „Macht ja nichts, wir hätten sowieso keinen Platz für das Tier gehabt."

Der Huberbichler ist bei seinem Freund Hintermoser zur Jagd eingeladen. Friedlich sitzen sie im Gebüsch und warten auf das Wild. Endlich taucht ein Hirsch auf der Lichtung auf.
Huberbichler reißt die Flinte hoch, aber Hintermoser zieht ihm die Hand vom Abzug und flüstert: „Du, der Hirsch ist unser Schönster im Revier! Den darfst du nicht schießen!“
Nach einiger Zeit kommt ein Reh auf die Lichtung. Auch hier hindert der Hintermoser den Huberbichler mit den Worten am Schießen: „Dieses zarte Reh wirst du doch nicht schießen!“ Nach einer Weile erscheint wieder ein Hirsch auf der Lichtung. Er hat nur ein halbes Geweih, ein Ohr fehlt, in seinem Fell sind 1000 Löcher, und hinken tut er auch noch.
Wispert der Hintermoser: „Jetzt! Schieß! Auf den schieß ich auch immer!“

Ein Sonntagsjäger kommt mit einem enthäuteten Hasen nach Hause.
„Wieso ist denn der schon abgezogen?“, wundert sich seine Frau.
„Ach, den habe ich beim Baden erwischt!“

Ein Sonntagsjäger ist zur Jagd eingeladen. Als er in dem unübersichtlichen Gelände ins Schwitzen kommt, legt er seinen schweren Rucksack neben einem Gebüsch ab.
Die Jagd geht immer weiter im Kreis. Plötzlich entdeckt der Jäger ein Wildschwein, legt an und schießt. Als er genauer nachsieht, entdeckt er, dass er auf seinen Rucksack geschossen hat.
Sagt er: „Was für ein Glück, dass ich ihn vorhin abgelegt hatte! Ich hätte mir doch glatt in den Rücken geballert!“

Ein Freizeitjäger kommt mit einem Hasen zu seiner Frau, an dem noch das Preisschild aus dem Laden hängt.
Sagt seine Frau: „Weißt du, Hugo, es wäre besser, wenn du mich in Zukunft die Hasen kaufen lässt, ich bekomme sie billiger. Schieß du doch lieber den Rotkohl!“

Gibt ein Angler an: „Voriges Jahr ist mir an meiner Angelstelle ein Zweieurostück ins Wasser gefallen! Als ich vor einigen Tagen dort wieder meine Angel ausgeworfen habe, beißt ein kapitaler Fisch an, und als ich zu Hause seinen Bauch aufschneide, was sehe ich da?“
„Etwa das verlorene Zweieurostück?“
„Fast, fast! Einen Euro fünfundsiebzig!“
„Und wo waren die restlichen 25 Cent?“
„Die hat der Bursche wahrscheinlich an der Schleuse gezahlt, um durchzukommen!“

„Na, und was hast du im letzten Sommer so getrieben?“
„Och, ich wollte es eigentlich mal mit Wellenreiten versuchen! Aber meinst du, ich habe den Gaul ins Wasser gekriegt?“

Ein Angler hat einen riesigen, fast mannsgroßen Fisch gefangen. Sein Freund, den er auf dem Heimweg trifft, aber nur ein Dutzend kleiner Barsche. Der mit dem großen Fisch baut sich natürlich mit seinem gewaltigen Anglererfolg vor dem anderen auf und wartet auf einen Ausruf der Bewunderung. Sagt der mit den kleinen Fischen: „Wohl Pechtag gehabt, wie, nur den einen gefangen?“